レイの世界
Another World Tour
-Re:I-
2
時雨沢恵一
Illustration
黒星紅白

「儀式は歌う」
―Rainmaker―

レイが歌っていた。

いつもの白いステージ衣装を揺らめかせ、笑顔を輝かせながら。

歌っているのは、レイの住む日本で、一九九〇年代に流行っていたアイドルソング。

蒼く寒々しい空の下、広大な荒野の谷に、大きな岩が横たわっていた。

そこをステージにして、レイは通販で売っているハンディカラオケシステムを使って、

「おお、異世界から来たりし女神様！」

「どうか願いを叶えてください！」

ステージを全周囲取り巻く、数百人の祈りの視線を一身に浴びながら歌っていた。

「女神様！　お願いいたします！」

「お力を、我々にお見せください！」

口々に懇願するこの世界の人達は、寒い空気の中、軽そうな布を纏っただけの薄着だった。

そして、全員が宙に浮いていた。

ある者は、空飛ぶ絨毯の上に胡座をかいていた。ある者は、翼のある空飛ぶ馬の鞍に座っていた。ある者は、足元に青い魔法陣を光らせながら空中に立っていた。

連続して五曲を派手に歌い終わって、一度マイクのスイッチを切ったレイは、

「ほれ」

「ありがとうございます」

ペットボトルの水を渡してきた因幡に、小声で問いかける。

「本当に……、歌うだけで雨が降るんですか？　皆さん、本気で期待していますよ……？」

「降る。ハッキリとした時間までは分からないから、しばらくは歌ってもらうがな」

「そりゃあ、あと何時間でも大丈夫ですけど……、〝雨が降るまで歌えば、雨乞いの成功率は百パーセントだ！〟なんてオチじゃないでしょうね……？」

「違う。俺は、今日これから、ここにちゃんと雨が降ると分かっている。ほら、次の歌だ。好きなの歌っていいぞ。どうせ何を歌っても、神の儀式だとしか思われない」

「それちょっと引っかかります！　でも、歌います！　次は演歌でもいいですか？　〝荒れる冬の日本海！〟みたいな！」

レイが再び、マイクとスピーカーが一体化した機械のスイッチを入れたとき、荒野に少しずつ風が吹いてきた。

　灰色の雲がどんよりと世界を覆って、そこから小粒の雨が舞い始めた。

「おお！　奇跡だ！」

「女神様が奇跡を起こした！」

　集まった人々が口々に叫ぶ中、そしてシトシトと降る雨の中、レイは熱く歌い続けた。雨をモチーフに選曲して、演歌からポップスに戻り、そして童謡まで歌った。

　やがて雨脚は徐々に強まり、カーテンのように周囲を包んでいく。

「溜めるぞ！　村に持って帰るんだ！」

「ああ、これでやっと麦が作れる！」

　彼等は魔法を使って、頭上で大きな光の皿を作った。そこに雨水を受け止めて、空中に溜めていく。

　全員がまったく濡れていない中で、レイだけは冷たい雨に打たれて、ずぶ濡れになったまま歌い続けた。

　ハンディカラオケシステムが漏水で故障するまで、

「ありがとうございますっ！」

「女神様万歳！」

「もっと降らせてください！」

　歌い続けた。

＊　＊　＊

「大儲けだね！　いやはや！」

雑居ビルの三階にある狭い芸能事務所で、

「こりゃあ、たっぷり時間をかけて現金化しないと、強盗か何かだと思われちゃうねえ……」

女社長が、ニンマリと笑った。机の上には、コーヒーの他に、金銀の加工品や宝石がぎっしりと詰まった鞄があった。

シャワーを浴びてえんじ色のジャージ姿になったレイが、

「因幡さん、戻ってきたから教えてください！　どうしてあんなにハッキリと、あの場所に雨が降るって分かったんですか？」

「ああ、ほら」

因幡はスマートフォンの画面を、レイに見せた。そこには温度計のような、円と、その中に表示されている一本の針が見えて、

「これ、なんですか……？」

「気圧計アプリだ。あの土地の気圧が下がっていたから、やがて雨が降るのが予想できた。それだけのことだ」

「なんと……」

「あの世界は、誰もが生まれつき持っている魔法の力が便利すぎて、自然科学がまったく発達していない。寒い中、全員が薄着だったろ？　常に自分の近くの空気を暖めているからだ。肌感覚が失われていて、簡単な天候の変化も分からなくなってる」

「はあ……」

ポカンと口を開けたレイの脇で、

「ねー因幡。その便利なお天気アプリ、お幾らだった？　経費として落とそうか？」

巨大な宝石を一つ持ち上げた女社長が聞いて、

「無料だったんで、いいです」

因幡は答えた。

おしまい

第七話「未来と自分は変えられる」ーLast Regretー

第八話「エールをあなたに」―Money for Me!―

第九話「魔女は最後に笑う」―A Kind of Magic―

第十話「絵から生まれたストーリー」—Portrait of Re:I—

第十一話「アイドルグループ候補者殺人事件（前編）」―BetRAYers―
第十二話「アイドルグループ候補者殺人事件（後編）」―BetRAYers―

CONTENTS

Design:Donut studio

第七話
「未来と自分は変えられる」
—Last Regret—

第七話「未来と自分は変えられる」

― Last Regret ―

都会の片隅に、その小さな小さな芸能事務所はあった。

私鉄の駅前にある、間違いなく昭和に建てられたであろう細い雑居ビル。いかがわしい店が看板を並べる中、その三階を借りていた。

狭いエレベーターホールの前には、

『有栖川《ありすがわ》芸能事務所』

そう書かれた小さなプレートがぶら下がっていて、そのドアの先に、応接室と事務室を一緒くたにしたような部屋がある。

隣には磨《す》りガラス窓で仕切られた部屋があって、『社長室』のプレートがあった。

その応接室で――、

「いやー、レイ。いつ聴いてもいいねえ」

真っ赤なスーツスカート姿の女性――、四十代と公表しているが、それよりグッと若く見える女社長が言って、

「何度聴いても、いいですねえ！」

この芸能事務所に所属する、十五歳の女子高生が答えた。

レイと呼ばれた女子高生は、白いワンピースの、右胸の位置に大きな青いリボンが目立つ制服を着ていた。腰まである長い黒髪を、カチューシャで留めている。

社長とレイは応接室のソファーに横並びで座り、事務所の壁に掛かっている、小さくも大きくもないテレビを見ていた。

長方形の画面の中にいるのは――、間奏が終わって二番を歌い出したのは、三十代の女性歌手。バンドを従えたステージの上で、まるで普段着のような、デニムとパーカーというカジュアルな衣装に身を包み、短い黒髪の下に穏やかな笑みを湛《たた》えながら――、その歌手はスローテンポなバラードを、しっとりと歌っていく。

少し低めの声が、心地よく部屋中に響き渡って――、やがてサビをもう一度繰り返して、歌は終わった。

歌手の笑顔と、そして背中が見えるほどの深々としたお辞儀《じぎ》。歌番組が終了して、ＣＭが始まった。社長が、リモコンでテレビを切った。

「染み入るねえ……。さすがは国民的歌姫、井龍今日子《いりゅうきょうこ》」

「染み入りますねえ……」

「今日子ちゃんの歌手デビューのきっかけ、知ってる？　覚えてる？」

「もちろんです！　歌手にはずっと憧れて歌の練習はしていたけど、自分には無理だと思って諦《あきら》めて、行動に移すことはしなかったんですよね。そして大学で彼氏に酷《ひど》いフラれ方をして自棄《やけ》になって、お酒も飲まずに一人で駅前でアカペラでガンガン歌っていたら、今のプロデューサーさんの目に留まったって話！」

「そうそれ。そんで二十二歳過ぎでデビューをして、あっと言う間に人気を集め、以後十五年以上ヒット曲を連発して……。今も、楽しそうに歌い続けてる。同性人気も高い。なんとも理想的な歌姫だねえ。レイも、目指すのなら今日子ちゃんだよ！」

「もちろんです！　井龍今日子さんは、ずっと憧れです！　目指しますっ！　夢は大きく果てしなく！」

「よっし、頑張《がんば》れ！　知ってる？　今日子ちゃん、歌い終えると絶対に、すっごく丁寧に、深々とお辞儀するんだよね。最敬礼！　ってくらい」

「デビュー当時からで、もう癖らしいですね。すごく礼儀正しくて、素敵だと思います！」

「よく覚えてた！　レイも、コレからのステージ、そうする？」

「でも……、真似《まね》したと思われませんか？　真似なんですけど！」

「大丈夫！　今日子ちゃんがレイの真似をしたことにする」

「そんな無茶《むちゃ》な！」

「言ったもん勝ち！」

「じゃあ、次の仕事から！　次の歌の仕事からやりますっ！」

「よしやれ！　そして、〝井龍今日子の真似じゃない！　ユキノ・レイがオリジナルだ！〟と言いふらそう！」

二人がはしゃぐ応接室に、あるいはこの事務所に、一人の男が入ってきた。

黒いスーツ姿。身長百五十五センチと、男にしては小柄な体。特徴的なのは髪で、短い髪は、全て真っ白だった。大きな双眸《そうぼう》も相俟《あいま》って、外国人の少年のように見えた。

「お帰りなさい、因幡《いなば》さん。コーヒー入れますね」

レイがソファーから立ち上がり、壁際《かべぎわ》のコーヒーメーカーに向かった。袋から豆を入れて、タンクに水を入れて、スイッチを押す。

「お帰り因幡。レイのお仕事ゲットできた？」

「はい」

社長の対面に座った因幡が、いつもの仏頂面《ぶっちょうづら》で短く答えた。

立ったままコーヒーのできあがりを待っているレイが、

「次も頑張りますっ！　因幡さん、歌ですか？　演技ですか？」

「まあ、両方かな……」

「おやあ、因幡にしては歯切れが悪いね。どんな仕事?」

社長の問いに、

「妙な仕事です」

因幡が答えて、即座に社長が返す。

「妙じゃなかったことって、ある?」

＊　＊　＊

事務所ビルの地下駐車場から、暗く急な坂道を登って道に出た黒いワゴン車は、
街中を走っていた。

「おお、そっくり」

そこは現代日本で、走っている車も、人々のファッションも、まったく同じだった。違うのは時間だけで、事務所にいたのは夏の夕方だったが、今はよく晴れた冬の昼前だった。

後部座席から、レイが運転席の因幡に訊《たず》ねる。

「こんなに似ていて、〝実は凄《すご》く違うところがある〟とかですか? 例えば……、全員が超能力を使えるとか! この国全体で、異世界に飛ばされているとか!」

「そういったことはない。ここは、大変によく似た並行世界だ。違いがハッキリと認識できな

いほどのな。時間の流れは、かなり違うが」

「じゃあ、前から思っていたんですが……、私達の世界にいる人が、この世界にいることもあるんですよね……?」

「絶対にいるとは言い切れないが、当然あり得る。年齢や性格は違うかもしれないが」

「私や社長や因幡さんも！」

「かもな」

「そして、年上だったり、年下だったりすることも！」

「そうだ」

「あ、会ったとき、どんな顔でどんな話をすればっ?」

「仕事の話をしていいか?」

「あ……、はい」


高校があった。

都会の繁華街《はんかがい》の一角。周囲のビルに負けないよう、お城のように校舎を構える高校だった。

昼前のこの時間、三学期の中間テストの最終日を終えた生徒達が、三々五々《さんさんごご》、晴れやかな顔つきで校門を出ていく。

茶色のブレザーにタータンチェックのスカート、つまりはこの高校の制服を着た女子高生が二人、大通りの歩道に立っていた。

「優里《ゆうり》。その子、ホントに来るの？」

眼鏡《めがね》をかけた一人に話しかけられたのは、もう一人の、髪の長い女子高生だった。

ストレートで背中まである黒髪のロングで、顔にはそばかすが目立つ。背が低く、学校指定の鞄《かばん》がやけに大きく見えた。

「来るっ！　はず……」

優里と呼ばれた少女が、自信たっぷりに、そして疑わしそうに答えた。

「〝はず〟って……。こっちから連絡したら？」

「その子……、携帯電話もスマホも持ってないんだ……」

「今どき？　それって、どこの世界の住人？」

優里が、小さな腕時計を見た。そして顔を上げて、

「待たせるのがイヤだから、今日は——」

「だーめ！　待つ！　これには、優里の人生がかかってるんだから！」

「じゃあ、もう少しだけ——」

優里の言葉を、

「ゴメンなさい遅れましたっ！」

レイの声が遮《さえぎ》った。

二人が声のした方を、つまり大通りの車道を見た。

ワゴン車の後部ドアを開けて、デニムにボアジャケット姿、長い髪を三つ編みで一つにしたレイが飛び降りた。

そして歩道を駆けよって来て、

「ごめんユーリ！　ゴメン！　渋滞で！」

優里の目の前で手を握って、顔を寄せた。

同時に、優里だけに聞こえる小声で、

「お仕事に来ました。ユキノ・レイです。話を合わせてください」

「…………」

一瞬呆気《あっけ》にとられた優里が、ふうっと長く息を吐いて、

「よかった……。友達を紹介するね」

何事もなかったかのように、眼鏡の女子へ、レイを紹介した。そして、彼女をレイに紹介する。

眼鏡の女子が、

「あなたが、〝メッチャ歌が上手《うま》いレイちゃん〟ね。来てくれてありがと」

「いえいえ！　遅れて本当にすみません！」

「激ウマの優里が上手いって言うんだから、さぞ凄いと期待してるよ！　よっしゃ行こ！　カラオケ行こ！」


数十分前。ワゴン車の中のこと。

「レイ、お前には、とある女子高生の友達になって、カラオケに行ってもらう」

因幡が運転席で言った。

一瞬キョトンとしたレイだが、やがてポンと手を叩《たた》いて、

「なるほど……。演技と歌の両方って、そういうことですか」

「そういうことだ。お前には、依頼者である〝戸田《とだ》優里〟という高二女子のカラオケ仲間を演じてもらう。名前は、ユキノ・レイでいい。三年ほど前にカラオケ会社のＳＮＳで知り合って、お互いに歌を聴き合って練習している仲、という設定だ。実際に会うのは久しぶりで二回目。レイは近県からやってきて、詳しい住所は秘密。今日は東京《とうきょう》の祖父母の家に泊まる。彼女に対してはタメ口で、呼び名は〝ユーリ〟だ。忘れるな」

レイが、鋭い顔で言葉を繰り返していく。

「私はカラオケ友達で、〝戸田優里〟さんの呼び名は〝ユーリ〟。会うのは二回目で久しぶり。敬語はナシ。詳しい住所は秘密。今日はお祖母《ばあ》ちゃんちに泊まる。分かりました。分かりま

した」

「そして、カラオケでは本気で歌え。そこにいる全員をビビらせて、もうマイクを持ちたくないと思えるほど本気で歌え。ステージ上の仕事だと思って歌え。というか――、それが仕事だ」

「わ、分かりました……。ユキノ・レイ、本気で歌います！　でも、その理由……、教えてもらえますよね？」

「ああ。ちょっとややこしいが」


レイが歌っていた。

駅前の、細長いビルが全階カラオケ店になっているその一室で。少し広めで、歌うためのステージがある部屋で。

「うげ……」

眼鏡の女子の、レンズの奥の瞳孔《どうこう》を開かせながら。

「すごい……」

優里の目と耳を釘付《くぎづ》けにしながら。

レイが歌っていたのは、昭和の名曲。

今でもいろいろな歌手がカバーをしているので、古さはまったく感じさせず、この世界の女子高生にも普通に知られている一曲。

レイは、因幡に言われたとおりに容赦《ようしゃ》しなかった。一曲目から全力全開で、真剣そのものの顔で、集中力の鬼のような形相《ぎょうそう》で、完璧《かんぺき》に歌っていく。

そして歌い終えた。

レイはステージの上で、深々と、背中が見えるほどのお辞儀をした。

「聴いてくださり、ありがとうございますっ！」

眼鏡の女子が、拍手をしながら、隣に座る優里を睨《にら》んで、

「あー、うん、認めるわ。この子、凄い。上手い。プロかよ！」

「でしょ……？　だから――」

「でも、優里より凄くはない！」

「え？」

「優里も歌え！　負けるな！」

「え？」

眼鏡の女子が、レイへとレンズと瞳を向けた。

「レイちゃん！　メチャヤウマ！　感動した！　でも、優里も凄いんだぜ！　知ってるかもだけど！」

「あ、はい！」

「よし優里！　いけ！　ホラ、いつものアレ！　私入れとく！」

「え？　うん……」

タブレットをいじる眼鏡の女子に背中を叩かれて、優里が立ち上がった。

レイは、因幡に命じられたとおり、

「またユーリの生歌が聴ける！　感動！」

そう演技をしながら、ステージから下りた。


「戸田優里という女子は、歌手を目指していた」

車は信号で止まっていた。因幡は、振り返ることなく、レイへと言葉だけを送る。

「目指して〝いた〟？」

「まあずっと憧れて、しっかりと練習もしていたんだが、最近になって、将来への不安を感じてしまった」

「ああ……、さっき高二だって言っていましたもんね。来年は受験生ですもんね」

「そうだ。他にも理由はあるんだろうが、一言で言えば、〝情熱〟を保ち続ける事ができなくなってしまった。だから、スッパリと諦める決断をした。しかし――」

「しかし？」

信号が青に変わって、ワゴン車が走り出す。

「それに納得できない友人がいた」

「友人、ですか……。どんな？」

「一緒にカラオケを楽しんでいる、同じ高校の仲のいい友達だ。まあ親友と言っていいだろう。戸田優里の歌の上手さを知っていて、将来歌手になれると、なるべきだと、ずっと応援してきた。夢を諦めることを知って、納得がいかないと反発した」

「それは……、なんというか……。優しいのか、無責任なのか……」

「両方だろうよ」

「じゃあそういうことで。続けてください」

「戸田優里は困った。悩んだ末に、自分には歌手を目指せる実力はないんだと、もっと上手い人を知ってしまったのだということにして、友人を説得することにしたんだ」

「それで、私を……」

「そうだ。〝SNSで知り合った、とても上手《じょうず》な人がいる〟ということになっている。お前がカラオケで本気で歌えば、友人も〝上には上がいる。歌手を目指していいのはこういう人だ〟と納得して、戸田優里の諦めに賛同してくれるだろう――、というプランだ。簡単に言えば、戸田優里に勝ってこい」

「なるほど……。だから私は最初から本気で歌えと。納得しました。ちょっと不思議な仕事ですが、全身全霊、頑張らせていただきます！」

「到着までに喉をしっかり温めておけよ。あと、着替えは後ろにある。今着ている制服がこの世界にあってもなくても困るから用意した。着替えていけ」

「了解しました！」

レイは、運転席と後部座席を繋《つな》ぐカーテンを、シャッつと閉めた。


優里が歌っていた。

駅前の、細長いビルが全階カラオケ店になっているその一室で。少し広めで、歌うためのステージがある部屋で。

「やっぱいいわあ……」

眼鏡の女子の、レンズの奥の瞳孔を開かせながら。

「すごい……」

レイの目と耳を釘付けにしながら。

優里が歌っていたのは、英語の歌。アメリカの有名女性歌手が、古い男性の歌をカバーして、映画の主題歌になった歌。

綺麗な発音の英語で、そしてしっとりと落ち着いた声で、優里は部屋の空気を変えて、そこにいる人達の心を、凪《なぎ》の海のように落ち着かせていた。

「すごいすごい、この人すごい……」

レイが言葉を漏らして、その声は幸いなことに、誰にも届いていない。

間奏から二番に移って、うっとりするほどの美声で歌い続ける優里を見ながら、

「因幡さん……。この人に勝つんですか？　今までで一番大変な仕事ですよこれ……」


夕方になっていた。

レイと優里は、交代で歌った。レイは仕事なので、そして優里に負けないために全力で。

優里は、

「もっと歌える！　そう！　凄い！　やっぱり最高！　アンタは最高！」

自分は歌わない眼鏡の女子に叱咤激励《しったげきれい》されて、時に煽《おだ》てられて、いつも通りに。

さらには、

「デュエットデュエット！　これはデュエットが聴きたいでしょう！」

勝手に入れられた歌を、二人で一緒に。

時間はあっと言う間に過ぎ、冬の日の入りの時間が迫り、

「えいちくしょう！　ご飯を食べて塾に行かねば！　私はここまでだ！　二人の美声！　もっ

と聴いていたかった！」

眼鏡の女子が時計を見ながら言って、

「じゃあ……、終わりにしようか。とても楽しかった」

レイは、そう言った優里に従うしかなかった。

全員が立ち上がって部屋を出る際に、眼鏡の女子が、優里を睨み付けた。

「レイちゃんは確かに上手い！　痺《しび》れるほど上手かった！　でも、だからって、優里が歌手になるのを諦める理由にはならない！　だって、優里とレイちゃんは、同じ人じゃないもん！

二人とも歌手になればいいいんだよ！」

「…………」

突然ズバッと切られて、無言で立ちすくむ優里の後ろで、

「仕事……、失敗したかも……」

レイが苦い顔で呟《つぶや》いていた。


家が駅の反対方向だという眼鏡の女子と別れて、

「あのう……。優里さん……」

おっかなびっくりに優里の背中に話しかけたレイは、長い髪を踊らせてくるりと振り向いた彼女の顔を見る前に、深々と頭を下げた。

「今日は、申し訳ありません。力及ばず、与えられた仕事ができませんでした……」

顔を上げると、そこには優里の笑顔があって、

「いいえ。今日のことは忘れません。私――、決めました。もう一度、頑張ってみます。受験と並行して、大学に行ってからも、ゆっくりでもいいから、歌手を目指してみます」

「え……？」

「そして、私もあなたみたいな、人を感動させることができる歌手になりたいです。いつかまた、あなたと一緒にステージに立ちたいです。歌い終えた後、深くお辞儀するの、とても素敵ですね。私も、これから真似をしていいですか？　今日のことを忘れないために」

「………」

数秒間固まっていたレイの顔が、ゆっくりと笑顔へと溶けていった。

「はい！　頑張ってください！　応援、してます！」

「ありがとうございます。因幡さんに――、あの不思議な方に、よろしくお伝えください。せっかくお願いを聞いてもらったのに、気持ちが変わってしまい、本当に申し訳ありません、とも」

「分かりました。伝えます」

レイが頷《うなず》くと、優里はさっきのレイと同じように、深々とお辞儀をした。

長い髪が顔の前に落ちて、頭を上げたときに顔に被《かぶ》さって、

「ああ……。バッサリ切ろうかな……。前から思っていたんですよね」

笑顔で言った優里に、レイが返す。

「ショートも似合うと思いますよ！」

＊　＊　＊

「おっ帰りー！　レイ！　どうだった？」

「はい……、お仕事、失敗してしまいました……。いろいろあって、とても気分はいいんですけれど……、失敗は失敗です……！」

「おやあ？　委細合切《いさいがっさい》詳しく話を聞かせて？　因幡はまだ？　よっし私がコーヒーを！」

「私が入れますよ！」

「いいからいいから！　そこにシッダウン！　レポート！」

戻ってきた事務所のソファーに強引に座らされて、制服姿のレイは社長に、さっきまで行ってきた並行世界での出来事の一部始終を説明した。

その間に因幡が少し遅れて戻ってきて、やがてコーヒーができて、それぞれの愛用のカップに注がれて、テーブルに置かれた。

レイはそれに手を伸ばさずに、湯気を立てる黒い液体をじっと見つめた。

「なあるほどねえ」

レイの対面に座り、二口ほど啜《すす》った社長が、

「因幡も人が悪いねえ。まあ知ってるけど。――それ、本当の事、言ってないでしょ？　なんか隠してるでしょ？」

「は？」

レイが顔を上げた。

壁際に寄りかかってコーヒーを飲んでいた因幡を見て、

「まあ。必要ないかと思いまして」

彼がそう言ったのを聞いて、

「ええ？」

社長の発言が正しかったという確証を得た。

「ちょ――、因幡さん！　本当は違うんですか？」

「違う」

「アッサリだ！」

「まあ、今となれば言ってもいい。結果は変わらないが。知りたいか？」

「それはそうですよ！　是非お願いします！」

ゆっくりとコーヒーを飲みきってから、因幡が口を開く。

「お前の仕事は無事に成功した。レイ」

「と言うと……?」

「〝戸田優里が、歌手になるのを諦めないようにしてくれ〟、というのが、俺が受けた依頼だったからな」

「え?」

レイが、首をかなり傾《かし》げた。世界が斜めに見えるほど傾げた。

「ちょっと待ってください。それは……、いったい……、誰に依頼されたんですか?」

「お、レイ! 鋭い!」

社長が囃《はや》して、

「戸田優里から、だ」

因幡の返事。

しかし、すぐに言葉を続ける。

「ただし、さらに別の世界の、な」

「さらに別の世界の彼女……?」

「そうだ。こういうケースは初めてだ。――俺は、とある並行世界の戸田優里に会った。その世界では、時間の流れが大きく違っていて、彼女は既にいい歳の老人だった。夫を亡くして、子供はなく、一人で老人介護施設で暮らしていた。俺が並行世界に行けることを、信じてくれた」

「それで……？」

「彼女は若い頃、歌手になりたいという夢を諦めていた。普通に勤め人になって、優しい夫と結婚し、ひとまず何不自由ない人生を送った後でも――、それをずっと後悔していた」

「そういうことねー、全部分かった」

社長が、カップを持ち上げながらニンマリと笑って言った。

まだ分からないレイは、小さく首を振る。

「……それで、その戸田優里お婆ちゃんは、因幡さんに何を依頼したんですか？」

「〝別の自分の未来を変えてくれ〟、と」

「というと？」

「並行世界には、まだ歌手になる夢を諦めていない自分がいるはずだと。そんな〝戸田優里〟を見つけて、たった一人でいいから、歌手を諦めるという決断を止めてほしい――、それが依頼だった。報酬《ほうしゅう》は、受け取る人がいない彼女の財産だ」

「ああ……、なるほど……！」

因幡が、頷いたレイの顔を静かに見下ろしながら、説明を続ける。

「それから俺は、たくさんの並行世界へ行って、〝その世界の戸田優里〟の若い頃を見てきたんだが――」

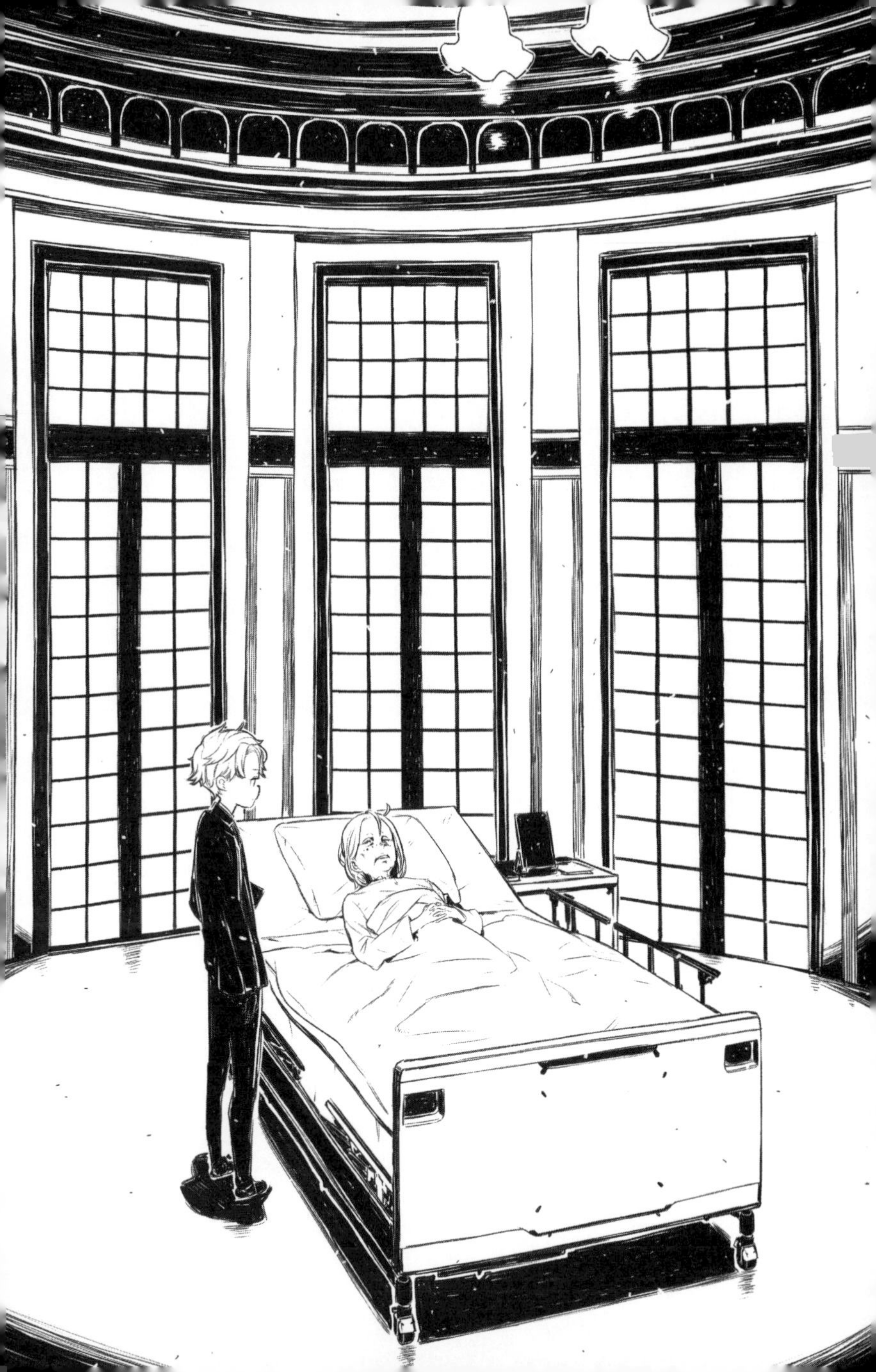

因幡が、一度口をつぐんだ。

「ホレホレ」

社長にせっつかれた。

「すぐに、この仕事は簡単じゃないと分かった。そもそも、本気で歌手を目指していない戸田優里の方が圧倒的に多かった。そして、既に完全に諦めてしまっている、どうやっても気持ちが変わらなさそうな戸田優里も、たくさんいた。事故や病気で亡くなっている世界もあったが、まあこれはしょうがない。若くして罪を犯して、服役中なんてケースもあったな」

「なんと……」

「そして再認識したんだが、他人の人生を大きく軌道修正させるのは簡単ではなく、とても現実的ではなかった。だから俺は、レイにできるほんのわずかの修正で、彼女が歌手を目指し続けることになる世界を探した」

「世界探しに、幾つくらい行ったのさ?」

社長の問いに、

「さあ? 数えるのも疲れるので。万じゃ利《き》かないでしょうね」

因幡はアッサリと答えた。

別の世界に行って帰ってきても、この世界では一秒も経っていないことにできる因幡だが、それでも大変な事には変わりなく、

「それは……、お疲れ様でした……」

レイはそう言って頭を下げた。

「その結果、どうにか軌道修正できそうな世界を見つけた」

「それが、さっき私が行ってきた世界……」

「そうだ。あの世界の戸田優里は、歌手になるという夢が頑強で、そのための努力もしっかりしていた。親友の応援もあった。ただし、受験が迫り、気持ちが大きく揺らいでいた。あのまま放っておけば、諦めていただろう」

「そして……？」

「どうやれば軌道修正できるか考えて思いついたのが、レイの歌を本人と友人に聴かせてみるという案だ。上手い人の歌を目の前で聴いて、あるいは一緒に歌ってもらって、発憤してもらえればと。だから俺は、あの世界の戸田優里に接触して、夢を諦める手助けができると話しかけて、セッティングした」

「なるほど。よく分かりました。でもそれ、最初から私に教えてくれていれば……」

「それだと、あの世界の戸田優里に言ったことに齟齬《そご》をきたす。お前も彼女も、騙《だま》させてもらった。悪く思うなよ。まあ、悪いとは思っていないが」

「まったく！　――でもいいですよ！　上手くいきましたね！　上手くいったんですよね？」

「その四年後に、彼女はちゃんと歌手になっていた。五年後と十年後と十五年後に行ってきたが、ずっとヒット曲を連発して、今も、楽しそうに歌い続けてる。その結果を、依頼者にも報告できた」

「やったっ！」

「正直、成功するかどうかは五分五分だったが」

「結果オーライです！　気分晴れやかです！」

笑顔でレイはマグカップを持ち上げて、しかしコーヒーを飲むこともなく、その黒い水面を揺らしていた。覗《のぞ》き込《こ》んでいた。

社長が、

「ホンの僅《わず》かな違いで、人生は、未来は大きく変わるわよねえ。もっと探せば、まだまだそういう世界もあるかもね」

「でしょうね。ただ、もう依頼主との約束は果たしたので、探しません。さすがに疲れました。俺の知っている限りで、彼女がひょんなきっかけで歌手になったのは、二つだけってことで」

「え？　一つはさっきの世界で……、もう一つは？」

レイが顔を上げて訊ねた。

因幡は、

「ああ、なんだ、知らなかったのか……」

本気で驚いた様子でそう前置きしてから、レイの質問に答える。

「この世界だよ。井龍今日子って歌手、知らないか?」

おしまい

第八話
「エールをあなたに」
―Money for Me!―

第八話「エールをあなたに」
—Money for Me!—

都会の片隅に、その小さな小さな芸能事務所はあった。

私鉄の駅前にある、間違いなく昭和に建てられたであろう細い雑居ビル。いかがわしい店が看板を並べる中、その三階を借りていた。

狭いエレベーターホールの前には、

『有栖川芸能事務所』

そう書かれた小さなプレートがぶら下がっていて、そのドアの先に、応接室と事務室を一緒くたにしたような部屋がある。

隣には磨りガラス窓で仕切られた部屋があって、『社長室』のプレートがあった。

その応接室で——、

「そりゃあもちろん、お金をもらってナンボよ？　私達がやっているのは、慈善事業じゃないんだし」

「ですよねー」

「だから、同じような仕事なら、より払ってくれる方に靡《なび》くよ？」

「ですよねー」

ソファーに向かい合って座って、生々しい話を楽しそうにしている二人がいた。

真っ赤なスーツスカート姿の女性――、四十代と公表しているが、それよりグッと若く見える女社長が、

「えー、願いましてはー」

テーブルの上で、算盤《そろばん》の珠を揃《そろ》えて、そして弾く仕草をして、

「――って、レイ、算盤なんて分かる？」

「分かりますよ！　床の上をジャーって走らすアレですよね？」

この芸能事務所に所属する、十五歳の女子高生が答えた。レイと呼ばれた女子高生は、白いワンピースの、右胸の位置に大きな青いリボンが目立つ制服を着て、腰まである長い黒髪をカチューシャで留めていた。

「うん、だいたいあってる。ついでに計算もできる。――でね、もしギャラが他と比べて少なくても、〝この仕事は未来に繋がる〟と思ったら引き受けることもある」

「分かります」

「だから、狡《こす》っ辛《から》いクライアントはそれをプンプン匂わせる。〝ギャラが安いんだけどさ、この先、一緒にやっていけるかどうかの試金石みたいな仕事だからねえ！〟とか言ってね。あるいはノーギャラすら堂々と言ってくる！　で、使えるだけ使ったら二度と連絡を寄こさない。ざっけんなこらー！　何が未来じゃ！　あのテレビ局とか、あのテレビ局とか、あのテレビ局とか！　お前の未来はどこじゃっ！　別の世界にでもあるのかっ！」

レイが両耳に両手を当てながら言う。

「えー……、私は何も、聞いてません」

「まあ、よくある例外はさておき――」

レイが、両耳から両手を離しながら訊ねる。

「お言葉ですけど、よくあるのなら例外ではないのでは？」

「さておきー！」

「はい」

「お金の為に身を粉にする行為が〝仕事〟だけど、レイはそんなの、おくびにも出さなくていいからね！　――あ、〝おくびにも出さない〟って意味分かる？」

「分かりますよー！　〝おくび〟とは、口偏に〝愛〟って漢字で〝ゲップ〟のことです！　〝本心を隠して素振りすら見せない〟って意味の慣用句ですよね」

「え？　ゲップのことなの？　口偏に愛ってマジ？　ホント？」

社長が分かりやすいほど目を丸くした瞬間、事務所入り口のドアが開いて、一人の男が入ってきた。

黒いスーツ姿。身長百五十五センチと、男にしては小柄な体。特徴的なのは髪で、短い髪は、全て真っ白だった。大きな双眸も相俟って、外国人の少年のように見えた。

「戻りました」

「おっかえり因幡。ゲップにも出せない仕事ゲットしてきた?」

「は?」

「えっと——、〝お金のためのお仕事〟、ですか?」

レイがフォローしたのかしていないのか分からない問いをしながら、ソファーから立ち上がり、コーヒーを入れるために壁際に向かった。

「どんな話をしていたのかは分からないが、もちろんだ。俺達は、慈善事業しているわけじゃないからな」

いつも通り、感情がほとんど顔に出ない因幡が、淡々と返した。そしてレイが座っていたソファーの隣に座り、社長と向き合った。

「そして今回も、かなり払いのいい仕事です」

「でかした! 行ってこい!」

「内容は聞かないんで?」

「レイから感想と同時に聞きたい！」

「分かりました。レイ、行くぞ」

座って数秒で因幡が立ち上がって、

「え？　コーヒーは？」

レイは、まだスイッチを入れたばかりで、今はガリガリと豆を砕いている機械の前で訊ねた。

「今すぐ出れば、そのコーヒーができあがる頃に戻ってこられる」

「あ、了解。――でも、気合いを入れるためにこれだけは教えてください！　今度は異世界ですか？　並行世界ですか？　歌ですか？　お芝居ですか？」

「並行世界で、歌のステージに立つ。その世界の日本人の、ほとんど全員が見るようなショーだ」

「そ、それはすごいです！　紅白歌合戦みたいなものですか？」

レイの問いに、因幡は少しだけ戸惑った。

「……ちょっと、いや、だいぶ違うな。道々、説明する」

＊　　＊　　＊

「見える景色はほとんど同じですけど――、なんですか？　あのポスターは？」

ビルが建ち並ぶ東京の街中を、黄色くて小さい四輪駆動車が走っていた。

運転席には因幡が座ってハンドルを握り、助手席からレイが訊ねた。

街中は、ポスターだらけだった。

顔写真を大きく載せたポスターで、二種類あった。

一つは、青い縁取りがされた、中年の男性が笑顔で写っているもの。もう一つは、赤い縁取りがされた、中年の女性が笑顔で写っているもの。顔写真の下には、〝鈴木ゴンザブロウ〟と〝佐藤トモコ〟と、それぞれの名前が大きく書かれている。

ポスターは、赤と青で陣取《じんと》り合戦でもしているかのように、ありとあらゆる場所に貼《は》ってあった。商店の壁や窓や、電柱や果てはガードレールまで。貼られていない面積の方が少ないのではないかと思えるほどの、騒がしさだった。

元の世界を出発したときは雨の降る夏の午後でも、この並行世界ではよく晴れた秋の早朝だった。日の出直後の道は、とても空いていた。車は快調に、四車線道路を走っていく。

「選挙ポスターだ」

因幡が質問に答えた。

「選挙ポスターって……、あんなにたくさん、どこにでもびっしりと貼っていいものでしたっけ？」

「変なことはよく覚えているな。まあ、俺達の世界ではダメだ」

「そうでした、ここは並行世界……。とすると、あのポスター、今から行くお仕事に関係があるんじゃないですか？」

「その通りだ」

赤信号で車が止まった。

ポスターの男女に四方八方から見つめられながら、因幡が仕事の説明を始める。

「あれは、日本国大統領選挙のポスターだ」

「なるほど、大統領選挙ですか」

「納得するなよ。俺達の世界にそんなものはないぞ」

「そうでしたっけ？」

「ないよ。この並行世界では、日本はアメリカに倣《なら》って大統領制になっている。四年ごとに盛大な選挙を行って、国民がリーダーを直接選ぶ」

「すると、あの二人が候補者ですね？」

「そうだ。〝日本リパブリカン党〟と〝日本デモクラティック党〟の二大政党だ。明日の火曜日が投票日になっている。ちなみに今日は月曜日だが、昨日が文化の日なので振替休日だ」

「はあ」

信号が青になり、小さな四輪駆動車が元気に走り出した。

「アメリカの大統領選挙を真似たおかげで、日本の大統領選挙もお祭り騒ぎになっている。ほぼ一年に渡って選挙キャンペーンを繰り広げるが、その集大成が、今日行われる〝最終応援演説会〟と呼ばれるイベントだ」

「最終応援演説会……。それもアメリカに？」

「いや、この世界の日本独自だな。投票日の前日に、国立スタジアムにおよそ七万人を集めて、ステージを設ける」

「ステージ！」

「そこには、両候補を応援したい人達が集まって、代わる代わる演説を打つ。テレビやラジオで中継もされる」

「なあんだ。歌じゃないんですね」

「いや、歌だ」

「はい？」

「元々は〝演説会〟って名の通り、演説だけだったんだ。両候補を応援する両陣営が、互い違いに出てきて候補者の良さを述べる——、至って真面目な、あるいは堅苦しい演説会だったんだがな」

「今は違うってことですよね？」

「三十年ほど前から、変わっていってしまった。応援のために、俳優や歌手など、この世界の日本の著名な芸能人が呼ばれるようになった。固い政治家が応援するより、国民に知名度がある人達が出てきた方が、政治に詳しくない人には分かりやすいからな」

「なるほど！　そこで歌ったんですね？」

「そうだ。せっかく歌手が来たのなら、応援のための歌唱をしてもいいだろうということになって、やがてはそれがエスカレートしていったんだ。あるときの選挙で、それまでにないほどの派手な歌唱ショーをやった陣営が、前評判をひっくり返して勝ったからな」

「はー」

「そのエスカレートの果てに、今や最終応援演説会は、〝日本最大のライブイベント〟と化してしまった。あらゆる歌手が呼ばれて、どちらかの陣営について、交互に歌う。これに呼ばれることが、〝芸能界で箔《はく》が付く、四年に一度の名誉〟だなんて一般的には言われている。揶揄《やゆ》されて〝赤青歌合戦〟とか〝歌《うた》リンピック〟なんて呼ばれている」

「はあ……」

「しかし、ギャラは出ない」

「はい？」

「政治の応援ということで、公職選挙法に基づいて、基本的に無償の奉仕活動ということになっている。弁当と、往復の足代くらいは出るだろうが」

「つまりはノーギャラですか……。じゃあ、そこで歌う人達は、皆さんその政党の支持者なんですか？」

「いい質問だな。そして、答えは完全にノーだ。支持政党や候補者のためだと心から思って歌う殊勝《しゅしょう》なアーティストは、まずほとんどいない。この世界の日本の政治は良くも悪くも安定していて、どっちの大統領になっても、ぶっちゃけ、やることはほとんど変わらないらしいからな」

「じゃあ……？　皆さん、なんのために――」

「ノーギャラで出ているのかって？」

「はい」

「一つはもちろん、政治的な圧力だ。なんとしても勝ちたい両党が、売れている歌手を抱えている音楽事務所に声をかける。〝我が党の応援をしてくれませんかね？　ウチのが大統領になったら、国のイベントで採用したり、いろいろと便宜が図れますよ〟と」

「〝ギャラは出ないですけど、未来に繋がる仕事ですよ〟――、みたいですね！」

「どこでそんな物言いを覚えたんだ？」

「ついさっき！　出かける前に社長とのお話の中で！」

「なるほど。そして、無償で働くことを依頼された音楽事務所は、仕方がないから、どちらかの政党の応援に歌手を出す。〝芸能界で箔が付く〟とか、〝四年に一度の名誉〟だなんて言われていても、ノーギャラなら、正直参加なんてしたくないがな。もし出ないと、他の同業者から空気の読めないヤツだと睨まるのも理由の一つだ。みんなが仕方なく歌手を出しているのに、お前の所は逃げやがって、という同調圧力だ」

「はあ……」

「結果的に大きなステージになる。朝の十時から夜の十時まで延々とやるので、出演者数はとても多い。有名どころはもちろんのこと、新人もたくさん出る。そのステージでデビューを飾る人もいる」

「なるほど！　ここまで聞けばもう分かりましたよ！　私は今回、どっちかの政党の応援で歌のお仕事をするわけですね！　急に出られなくなった、または、出たくなくなった誰かの代理かもしれませんが――、お仕事はお仕事！　ステージはステージ！　ユキノ・レイ！　一生懸命頑張ります！」

レイが気合いを込めて声を弾ませたとき、目の前の信号が黄色に変わって、

「いや、違う」

因幡は車をゆっくりと止めた。

「え？」

「代理出演だなんて、そんな単純な仕事なら、並行世界から来た俺達に白羽の矢は立たない。この世界にもともといる、別の歌手がステージに立つだけだ」

「確かに……。ところで因幡さん。〝白羽の矢が立つ〟って、元々は神の生け贄《いけにえ》に選ばれるっ

て意味の、つまり悪い意味の言葉ですよ?」

「そんなことはよく知っていて、よく覚えているんだな……。感心して呆《あき》れたわ」

「むっ！　私は勉強はできる子です！」

「まあ、〝レイが生け贄〟――、というのはあながち間違っていない」

「〝あながち〟、って……、どんな〝勝ち〟ですか?」

「本当にできる子なのか?　今から仕事の内容を伝えるから、絶対に間違えるなよ?　一発勝負だからな」


「有栖川芸能事務所の因幡です。こちらが、歌手のユキノ・レイです」

国立スタジアムの地下にある一番大きな楽屋の一つで、因幡がレイを紹介した。

演説会開始まで、あと三時間ほど。

数十人のスタッフが慌《あわ》ただしく蠢《うごめ》いて犇《ひし》めいている楽屋は、日本リパブリカン党の選挙応援指揮所でもあり、党カラーの赤が壁を飾っていた。

党公認候補である佐藤トモコの顔写真ポスターも、クローンの大量生産工場のような不気味さで、壁に横一列で並んでいた。

「峰岸《みねぎし》だ」

因幡に言葉を返したのは、背広姿の中年男性。首から提げたスタッフＩＤカードに、〃日本リパブリカン党最終演説応援会・監督〃の長い文字があった。

峰岸がレイをジロジロと見て、

「ユキノ・レイ君ね。うん、可愛《かわい》いし、そこそこ話題になるだろう。頼んだよ」

「はい、よろしくお願いします！」

レイが頭を下げて再び上げたとき、峰岸が鋭く目を細めながら言う。

「我々の目的は、明日選挙に勝つことだからね。君は、日本リパブリカン党を応援する為に、佐藤トモコを大統領にするためだけに歌うんだ。分かっているね？　どんなに浮かれても、その態度だけは、崩してはいけないよ？」

念押しをした峰岸に、レイは営業スマイルで返す。

「はい！　正直選挙には興味がありませんが、自分の知名度アップのために、誠心誠意、御党と佐藤候補を、今日だけ応援させていただきます！」

「はっ！」

峰岸が、軽蔑と尊敬がない混じった笑い声を出した。

「そうやってハッキリ言われた方が、まだ好感が持てるね。今日のウケが良ければ、四年後も使ってあげてもいいよ？」

「ありがとうございます。四年後も、この最終応援演説会がありましたら、ぜひ！」

「はっ！　なくならないよ。この国がなくなるまでね」

十時になって、国立スタジアムで、そしてテレビやラジオで——、日本国大統領選挙の最終応援演説会が始まった。

テレビでは公共放送と、民放各局が全て放送していた。

建物内の楽屋が満室なので、あてがわれた小さなキャンピングカーの車内。いつもの白いステージ衣装に着替え、メイクも終えたレイは、ソファーに座って小さなテレビ画面を見ていた。チャンネルを変えても変えても、アングルが少し違うだけのステージを見ていた。

スーツ姿の真面目そうな司会者が壇上に立ち——、これは大統領選挙法に基づいた日本国大統領選挙の応援演説会である、という体《てい》の堅苦しい挨拶をした。

そして、事前の籤《くじ》の結果により、まずは日本デモクラティック党、鈴木《すずき》候補の応援演説から行う——、そう言ってステージから去った。

ロックバンドの演奏が始まった。

レイも知っている、そしてこの世界の日本でも大人気のバンド。満席の客席からの大歓声が、キャンピングカーの中にまで聞こえてきた。

「始まったな。最初はやはり、どっちの党も著名なバンドが来る。レイのステージは、少し落ち着いた十一時四十分頃からだ。十一時十分に移動する」

キャンピングカーの運転席にノンビリと座る因幡が、声だけを送ってくる。

「リハもなしで本番だが、まあ、なんとかなるだろう。ステージ中央に立って、一曲歌えばいいだけだ。レイは、もっとたくさんの前でも歌っているしな」

「はい！　あ、一つ質問が」

「なんだ？」

「歌う〝×××××〟と〝×××××〟ですけれど、私のデビュー曲ってことにしても、いいんですか？　カバーになりますけど、これって、ご本人の許可は取ったんですか？」

「ああ、まだ言っていなかったな。そのシンガーソングライターは、この世界には存在しない」

「えっ？　じゃあ、〝×××××〟とか、〝×××××〟とかを歌っても……」

「全部、自分で作詞作曲した、ってことにできるな」

「どれも素晴らしい歌ばかりですよ！　この世界でも、う、売れますよね……？」

「可能性は高いが、そんな時間のかかる面倒な仕事はしたくない。この世界に何年いるつもりだお前は」

「確かに……」

『みなさーん！　初めましてーっ！』

レイが、画面の中で、ステージの上で叫んだ。

既にたっぷり暖まっている観客からは、誰だかまったく分からないがとりあえず盛り上げておこう、という反応と歓声が戻ってくる。

『ありがとうございます！　突然見たこともない新人がヒョッコリ現れてしまってすみません！　私、ユキノ・レイといいます！　今日は大好きな、日本リパブリカン党の応援に駆けつけました！　もちろん、私はまだ選挙権がないんですけど、家族が絶対に佐藤候補を大統領に！　って言ってます！　大人の皆さん、明日は投票よろしくお願いします！』

再びの歓声。

「ふーん。華あるね、彼女。なにより、ステージ度胸がいい」

日本リパブリカン党の選挙応援指揮所で、疲れを癒《い》やすために、そしてふんぞり返るために、ソファーにどっかりと座る峰岸が、壁の画面を見ながら言った。

スピーカーからは、×××××のイントロが流れ始めて、

『聞いてください！　私のデビュー曲！　×××××！』

そしてレイは歌い始めた。自分達の世界では、既に不朽《ふきゅう》の名曲として知られる歌を、さも自分の歌かのように。

体に似合わぬ迫力のある声が、国立スタジアムに行き渡って――、一瞬の間を置いて歓声が空気を揺らした。

画面の中で、レイはぴょんぴょんと跳ねながら、笑顔と元気を振りまくように歌っていく。

「へえ、可愛い上に歌唱力もあるね。あと、この歌は売れる歌だ」

峰岸が、脇に立ったまま控える男性秘書に顎《あご》をしゃくった。

「あの子、四年後も押さえておいて」

『ありがとうございますっ！　ユキノ・レイでした！　皆さん、日本リパブリカン党を、よろしくお願いします！　投票するのは佐藤候補ですよ！　間違えて、〃ユキノ・レイ〃って書いちゃダメですからね！』

それなりの歓声と拍手に見送られて、レイが下手《しもて》にはけていく。

ステージ袖《そで》手前で一度深々と頭を下げたレイは、

「さーて！」

そのまま袖に作られた暗い階段を駆け下りると、ステージ下の空間を全力でダッシュした。上手《かみて》に向けて。

『続いては、日本デモクラティック党の応援演説です。大統領選挙法に基づき、応援者の応援演説をそのまま放送します』

演説などほとんどしないが、一応決まりなので、淡々と読み上げる女性のアナウンスが流れた。

そして、ステージ上では誰も居ない状態で、曲のイントロが流れ出す。

さあ、次は誰だ？

期待する、その場にいる数万の観客の目が、そして、全国数千万の視聴者の目が注がれる中で、

「みなさーん！　よろしくお願いしまーす！」

上手から、歌手が登場した。

白い衣装を着た若く可愛らしい女性歌手で、高く澄んだ声で叫ぶ。

「日本デモクラティック党の応援に来ました、新人のユキノ・レイです！」


観客のどよめきがスピーカーから流れていたが、

「はあっ！」

峰岸には聞こえていなかった。

彼はソファーを後ろに吹っ飛ばす勢いで立ち上がって、

「どういうことだっ！」

秘書に叫んだが、答えはなかった。

歓声が静まり、ざわめきだけが残った国立スタジアムで、

「みなさーん！　ポカンとしてますねー！　分かりますー！　すっごく分かりますー！」

レイは澄んだ秋空の下で、汗と笑顔を煌《きら》めかせた。

「だって私、今さっき、ライバルの日本リパブリカン党を応援するために歌ったばかりですもんね！　でも、今度はこっちなんです！　日本デモクラティック党を、鈴木候補を応援させてください！　だって私――」

レイが言葉を切って、ざわついていた群衆が一瞬で静まりかえった。

「たっぷり名前を売って帰りたいんですもん！　だから、両方に嘘《うそ》を言って、サクッと両陣営の応援に出ちゃうことにしました！　ド新人が全国に大目立ちできるって、事務所のみんなも大喜びです！　ありがとうございます！　四年後もまた、ぜひ呼んで欲しいですね！　赤青どっちにでも出ますよ！　それでいいじゃないですか！　こんな馬鹿騒ぎが、いつまでも続くといいですよねっ！　それでは皆さん聴いてください！　自分の売名のために、一生懸命歌います！」

＊　＊　＊

「おかえりー！　コーヒーできた！　今できた！　ドンピシャ！」

事務所の応接室で、それぞれのカップに熱いコーヒーを注いでいる社長に、

「ああ、私がやりますから！」

制服姿のレイがドアから駆け寄って、

「いいからもう終わるし！　座って座って！　お仕事お疲れさん！」

制止された。

社長がコーヒーと共にソファーに戻って、テーブルに置いてレイの対面に座って、

「よっしゃ！　どうだった何があった楽しかった？」

社長が捲《まく》し立《た》てる中で、レイよりおよそ数十秒遅れて、因幡がドアをくぐって戻ってきた。

「おっとお帰り因幡。お疲れ！　説明は予定通りレイから聞くからね！」


「――というわけで、ステージの上でぶちまけたんですよ！　気持ちが良かったー！」

レイが、日本デモクラティック党の応援に出たところまでを一気に説明した。テーブルの上

のコーヒーには、口一つ付けていなかった。

「レイのクソ度胸、いいねえ。ステージ、見てみたかったなあ。そんでそんで？　観客の反応は？」

「とても盛り上がってくれました！　一曲目以上でした！」

「ホントホント？　それって、盛ってない？」

社長が楽しそうに首を傾げて、

「ホントですよー！　ですよね？　因幡さん」

レイもまた笑顔で、壁際で寄りかかって、すました顔でコーヒーを飲む男に顔を向けた。

因幡が答える。

「まあ、ライブとしてはその日一番の大盛り上がりでしたね。観客は大爆笑で大喝采《だいかっさい》だったかと。スマホでSNSも追っていたんですが、追いつけないくらい大変な反応でした。トレンド一位に〝ユキノ・レイ〟が入りました。他にも〝可愛い謀反者《むほんしゃ》〟とか〝白い刺客〟とか」

「はー！　すごい！　――で、レイ、それから？」

「はい！　歌い終えてステージを下りたら、大人の人達が、恐い顔で睨んでいました！」

ステージ下手の袖で、峰岸が仁王立ちしていた。顔をタコのように赤くして、額の血管を盛り上げながら。

その隣で、〝日本デモクラティック党最終演説応援会・監督〟のスタッフＩＤカードを下げた中年女性が、同じように睨んでいて、

「どういうことなのよ！」

観客にも聞こえそうなほどの大声で、まずは因幡に叫んだ。そしてすぐに、自分の隣に立つ峰岸に嚙《か》みつく。

「峰岸さん！　分かっていますね？　ユキノ・レイはウチが〝頼んだ〟歌手です！　それをわたし達より先に出すとは！　これは重大なルール違反ですよ！」

「こっちだって正式に〝お願い〟をしている！　そっちに〝頼まれて〟いることなど、むろん一切知らん！　――おい因幡！　どういうことだっ！　説明しろっ！」

レイの前に立って、因幡が淡々と言い返す。

「はい、ではお二人に説明します。俺達は両方からの申し出を受けました。以上です」

ギリギリと、峰岸が歯を食いしばる音が聞こえた。

周囲のスタッフ全員が、凍り付いたように見つめる中で、

「因幡……。そして、有栖川芸能事務所……。今後……、芸能界はおろか、この世界でも生きていけるとは思うなよ！」

「それは脅迫《きょうはく》ですか？　政治家は裏で黒い組織と繫がっているというのは、本当なんですねえ」

「貴様……、いった何が目的だ？　候補者への復讐《ふくしゅう》か？　泡沫政党《ほうまつせいとう》の回し者か？　あれか！　日本の政治を混乱させたい、外国のスパイか？」

「どれも違いますよ。ただの、人気が欲しい弱小芸能事務所です。では失礼します」

因幡はサッと身を翻《ひるがえ》すと、レイの手を取って、

「うひゃ！」

強引に引っ張って峰岸の脇を抜けた。

そして先ほどレイが使った階段を駆け下りていき、袖から消えた。

「ふざけるな！」

峰岸が追いかけ、

「そいつらを逃がすな！」

階段の下へと叫んだ。すぐに階段下から、スタッフの一人がひょいと顔を出して、峰岸に訊ねる。

「誰をですか？」

「今そっちに行ったペテン師達だ！」

スタッフの若い男が、本気で首を傾げて訊ねる。

「え？　誰も下りてきていませんけど？」

「因幡さん、その気になれば、どこからでも戻れるんですね……。階段から突然に車の中に移動していて、気付いたら駐車場でしたよ。服も制服に戻っていましたし」

レイが言って、

「できることはできるが、いろいろと面倒で、なるべくやりたくない。まだ死んだ方が楽だ。詳しい説明は、しても分からないだろうから省《はぶ》く」

因幡は淡々と返した。

「そのナイスな依頼をしてきたのは、その世界の日本の〝音楽業界そのもの〟だね？　大小問わず、芸能事務所が結託して、最終応援演説会をぶっ壊して欲しいって頼んだんだ」

社長が言って、コーヒーカップを手に取ろうとしていたレイが驚いて手を止めた。

「分かります？　これから説明しようと思っていたんですけど」

「分かる分かる。その世界の日本の音楽業界の皆さん、全員でそのイベントが大嫌いだったんでしょうよ。まずはノーギャラというのが度し難い。プロを雇うのならちゃんとお金を出せって、小学校で習わなかったのかね？　それに、勝った方を応援していると、変な色が付いちゃうし、負けた方を応援していると、その後どうにも居心地が悪い。正直そんなところに所属歌手を出したくない。でも出さないと〝おたくはなんで出さないの？〟と周囲に言われる」

「だそうです。因幡さんによると」

「だから、どこにも所属していない因幡とレイに、派手にぶっ壊してもらったってハナシね。

喜んでくれたかな?」

　社長の問いに、因幡が答える。

「それなりに。〝ユキノ・レイ〟という芸名は、今後〝永久欠番〟にするという暗黙の了解ができたとか」

「わはは。——並行世界から来たって言ったの?」

「いいえ。信じてくれないでしょうから。でも、〝べらぼうに高いお金さえもらえれば、俺達は二度と表舞台に出てこないので、思う存分引っかき回してみせる〟と言って、信用してもらいました」

「なるほど! で、その後はどうだった? 因幡がちょっと遅れて戻ってきたってことは、一人でその世界にまた行っていたんでしょ?」

「はい。二日後くらいまでいました。まあ、予想通りの大騒ぎになっていましたよ。まず、ライブ——、ではなく最終応援演説会は、その直後に中断。なんとか再開させようと頑張ったみたいですが、両陣営がモメまくって、そのうちスケジュールもメチャクチャになって、結局そこで終わりました」

「わはは! テレビ局も頭抱えたろうなー! 穴埋めに何流したのか気になる!」

「社長、楽しそうですねえ!」

「そういうレイも!」

「えへへ」

　にやつく女性二人とは対照的に、いつも通りの仏頂面で因幡が説明を続ける。

「数万の観客も、それはもう大ブーイングです。目当ての歌手を出せと。あるいは、高いチケット代を返せと」

「選挙の応援演説会でチケット代ってのが、そもそもおかしいんだけどねえ。ギャラがロハならチケットもロハにしろよって」

「そのあたりのことも盛り上がって、結局この最終応援演説会とは何か？　という流れになっています。あの世界の音楽業界も、〝双方の応援に出るなど由々《ゆゆ》しき問題だ。今後このようなことが起きては困るので、業界として選挙に関わることは控えていきたい〟と遺憾《いかん》の意をしれっとした顔で表明しています。まあ次回からは、あの形では開かれないでしょうね」

「ユキノ・レイの名は、さぞ轟《とどろ》いたでしょ？」

「それはもう。〝ユキノ・レイを捜《さが》せ〟なんてトレンドが、ずっとランキングに入っていました。よく似ている無関係な人が間違えられるとよくないので、〝既に出国した〟って嘘情報を、レイの動画と共に流しておきました。この前に異世界に行ったときに、ドラレコで撮ったやつを」

「さっすが因幡。肝心なことは、忘れてないよね？」

「報酬の回収ですか？　アフターサービスも満点だね。抜かりなく」

「うむ。よろしい。全て解決だ！　乾杯！」

コーヒーカップを持ち上げた社長に、レイが倣おうとして、

「あ!」

そして手を止めた。コーヒーを飲むかわりに、因幡を見た。

「一つ気になることが」

「なんだ?」

「大統領選挙、どっちが勝ったんですか?」

因幡は、ゆっくりとコーヒーを口に運んでから、ぶっきらぼうに答える。

「お前が応援した方だよ」

おしまい

第九話
「魔女は最後に笑う」
—A Kind of Magic—

第九話「魔女は最後に笑う」
――A Kind of Magic――

都会の片隅に、その小さな小さな芸能事務所はあった。

私鉄の駅前にある、間違いなく昭和に建てられたであろう細い雑居ビル。いかがわしい店が看板を並べる中、その三階を借りていた。

狭いエレベーターホールの前には、

『有栖川芸能事務所』

そう書かれた小さなプレートがぶら下がっていて、そのドアの先に、応接室と事務室を一緒くたにしたような部屋がある。

隣には磨りガラス窓で仕切られた部屋があって、『社長室』のプレートがあった。

その応接室で――、

「次の仕事は、異世界だ。レイには演技をしてもらう。といっても、映画や舞台ではなく、人前で別人になってもらうという意味だが」

ソファーに座る、黒いスーツの上下を着た男が言った。

身長百五十五センチと、男にしては小柄な体。特徴的なのは髪で、短い髪は、全て真っ白だった。大きな双眸も相俟って、外国人の少年のように見えた。

「了解です因幡さん！　お仕事なら、なんでもやります！」

両手の拳を握り、気合い十分で答えたのは、この芸能事務所に所属する、十五歳の女子高生。ユキノ・レイ。

レイは、ローテーブルを挟《はさ》んだ反対側のソファーに座っていた。白いワンピースの、右胸の位置に大きな青いリボンが目立つ制服を着ていた。腰まである長い黒髪を、カチューシャで留めている。

因幡の隣には、真っ赤なスーツスカート姿の女性――、四十代と公表しているが、それよりグッと若く見える女社長が座っていて、

「よく言ったレイ！　その気概《きがい》、しかと受け取った！　骨は拾ってやる！」

レイの発言に乗ってから、隣をチラリと見た。見られた人が答える。

「死んでもらったりはしませんよ」

別の世界では、死んでも無傷で戻ってくるだけだと知っているレイが、

「お仕事なら頑張ります！　たとえ死ぬ事になっても……、メチャクチャ痛くないのなら我慢

します！」

「よく言ったレイ！　その気概、以下略！」

「〝息の根が止まる〟ことが前提の仕事は、俺も好きではないので、なるべく排除します。まあ、〝別の世界では、死んでも問題ない〟というのは他の誰にも真似ができないレイのアドバンテージだとは思いますので、ゼロになるとは言えませんが、少なくとも今回は違います。ただ――」

「ただ？」「ただ？」

女性二人の声がシンクロして、視線が一人に集まって、その一人は答える。

「その前に、しっかり練習してもらうことがあります」

「何を？」「何を？」

女性二人の声がシンクロして、視線が一人に集まって、その一人は答える。

「長い間の息の止め方を。そして、水中で息をする方法を」

＊　＊　＊

巨木の森があった。

木々は直径にして三十メートルはある壮大なもので、高さは二百メートル以上。明らかに地球のそれとは違う威容《いよう》を誇っていた。

木々の間の距離は百メートルほど。その間の大地は、湿った黒い土と、シダ類のように見えるかすかな草に覆われている。

因幡の小型四輪駆動車が、木の前に止まっていた。小型とはいえ四人乗れる車が、まるで子供が忘れたミニカーのようにちんまりと見えた。

そんな森の中に、一つの泉が、水面を覗かせている。

泉は直径十メートルほどの円で、青色の深さが、そのまま泉の深さを表していた。水面は鏡のように、穏やかに木々の緑と、その隙間《すきま》から見える夏の朝の空を映していた。

その泉に、レイが浮かび上がってきた。

澄んだ水の底から、まずは空気の泡が水面に浮かび上がって、鏡のようだった水面を勢いよく波立たせ、景色を歪《ゆが》ませた。

その泡を追いかけるように、レイの顔が水中に現れた。

顔を上に向け、目を開き、口から泡を出しながらゆったりと浮かび上がってきたレイは、

「ぷ——、はあっ！」

水面に出ると同時に、大きく息を吸い込んだ。

濡れた髪を頭の後ろに流したレイは、簡単な造りをした焦げ茶色のチュニックを着ていた。

そしてその下に、ワンピースタイプの同じ色の水着も。大きな布の端から手足を動かして立ち

泳ぎをして、そして平泳ぎに変えて泉の岸へと泳ぐ。

手が岸の土について、そのまま体を持ち上げて仰向《あおむ》けにひっくり返る。濡れたチュニックと長い髪に土がついたが、

「ふー！」

気にせずに巨木を見上げて大きく息を吐いた。

泉の中央から、泡もなく因幡が浮かび上がってきた。

ダイビング用マスク、つまり水中眼鏡を顔に装着し、口にはレギュレーター、つまりホースの付いたマウスピースを咥《くわ》えていた。

因幡は頭のフードも含め全身真っ黒のウェットスーツを着込み、背中にはタンクとホースを組み合わせたダイビング器材を背負っている。

器材は、〝リブリーザー〟と呼ばれる最新のものだった。通常のダイビング器材のように吐いた空気を水中に出すことなく、回収し酸素濃度を調整して再び吸う。より長い時間、快適に潜《もぐ》り続ける事ができる。

レイが腹筋を使って上半身を持ち上げて、泉の中央にぷかりと頭を浮かべる因幡へと声をかける。

「どうですか因幡さん！　無事に緊急浮上しましたよ！　体調問題ありません！　水も、凍《こご》えるほど冷たくないですし！」

「分かった。――レイ、お前、泳ぐの上手いな。水中での動きに淀《よど》みがない」

「水泳は子供の頃からずっと習っていましたから！　二十五メートルプール、端から端まで潜《せん》水《すい》でいけますよ！」

「どこで？　いつから？　そのときの、先生の名前は？」

「え？　えっと……。アレ……？」

濡れて重い髪を纏《まと》ったレイが首を左右に傾げ、因幡は軽く手を振った。

「いやいい。今は重要ではない」

「潜る練習は、バッチリですか？」

「問題ないと思うが、時間も酸素もあるし、もう一度やる。これにミスってもこの世界で死ぬだけだが――、本番でミスってしまえば、仕事は取り返しの付かない大失敗だからな」

「分かりました！　やりましょう！　次はもっと早く潜ってみせます！」


「見えるか？　あれが、お前に行ってもらう村だ。人口は二百人くらい」

「見えます」

泉での練習から数時間後、因幡とレイは、森の端にいた。

因幡はスーツ姿、レイはチュニック姿で、二人とも体も髪も完全に乾いていた。レイは長い髪を全て後ろに流して、お団子《だんご》に纏めていた。

二人は巨木の陰にシートを敷いて伏せて、それぞれが、元の世界から持ち込んだ高性能の双眼鏡を構えていた。

そこは巨木の森が終わる場所だった。

因幡とレイが隠れている巨木の先は、広々とした農地が、なだらかに下りながら、地平線の向こうまで広がっている。

雲一つない夏の空には、東の低い場所で、木星のような輪がある巨大な惑星が、地球の満月の十倍ほどの巨大さで音もなく浮かんでいる。その下で、まったく何か分からないが、背の高い作物が風に吹かれて波打っていた。

緑の絨毯《じゅうたん》の続く先に、目指す村があった。

ここから一キロメートルほど離れた場所。家がポツポツと十数件並んでいるのが、双眼鏡の丸い視界の中に見える。

それは木造だったが、

「面白い家ですねえ……」

元の世界では見たことがない造りをしていた。

家は、横になった円筒形だった。すなわち、巨木をどうにかして切り倒し、それを数メートルの長さで輪切りにして、恐らくは転がして移動し、その中をくり抜くことで居住スペースを作っていた。玄関は両端で、壁も屋根も丸い。

「つまりは丸太の家……、ですよね？　ああいうのも、〝ログハウス〟と言っていいんでしょうか？」

「さあな」

素っ気《そけ》なく因幡は答えた。そして双眼鏡を目から下ろして、レイに顔を向けた。

「ここから先は、話したとおりだ。あの村に行って〝エマ〟という依頼者に会う。長い栗色《くりいろ》の髪に鳥のブローチを付けた背の高い女性だ。向こうも、レイにはすぐ気付くはずだ」

「分かりました！　あとは彼女と一緒にシナリオ通り演じてみせます！　アドリブも、こなしてみせます！　リハーサルもたっぷりしました。頑張ってきます！」

「では後で会おう」

「行ってきます！」

すっくと立ち上がったレイに、因幡が言う。

「双眼鏡は、置いていけ。怪しいヤツだと思われるぞ」

「おっと」

レイは一人、畑の間の細い道を、レイより背の高い作物の陰を歩き、村へと近づいていった。

進む先に見える丸太の家々が大きくなり、やがてそれらの間に、つまりは村の中に人が歩いているのも見えた。

異世界だが、自分達の世界と姿も形も背丈も変わらない人間が住んでいた。男は簡単なシャツとズボン。女はレイが今着ているのと同じチュニック。道具は木と鉄でできたもの。科学技術の発展度合いなども含めて、地球の歴史で言えば中世の欧州のような世界だった。

村には井戸や、やはり丸太でできた家畜小屋や倉庫などもある。人々が、それぞれに仕事をしていた。

レイは、残り三百メートル程まで近づいた。そして分かったが、村には獣《けもの》よけ、あるいは戦用の頑丈《がんじょう》な木柵があって、入口は幅三メートルほどの門がある一箇所のみ。そこには、長い槍《やり》を持ち腰に剣を帯びた、そして筋骨逞《たくま》しい男が一人立っている。

「さて、どこから入るべきなのかな……」

レイがぼんやりと呟いたとき、

「正々堂々、門からですよ。レイ」

後ろから声が聞こえた。レイが振り返ると、作物の隙間から、長い栗色の髪に、鳥のブローチをつけた、背の高い女が出てきた。三十代に見える大人の女性で、線の柔らかい美人だった。

「エマさん、ですね?」

レイが確認のために訊ねて、エマは静かな表情のままで答える。

「そうです。初めまして。今日はよろしくお願いしますね。異世界のお嬢さん」

「はい。頑張ります」

「では、私と一緒に来てください。そして、村人とのやりとりは、全て任せてくださいね」

レイは頷いて、歩き出したエマに黙ってついていく。門につくと、そこに居た番兵の男が、険しい顔で声をかけてきた。

「エマ。そいつは……、誰だ？」

「妹のレイですわよ？」

「ああ、なんだレイか。ずいぶん可愛くなったな。分からなかったよ」

番兵はそう言うと、レイに一度ウィンク。そして笑顔で通路を譲った。

村に入ってからも、誰かが話しかけてくるたびにエマは同じことを言って、

「ああ、レイだね」

「そうだ、レイだった」

「久々に見たよ。元気だったか？」

老若男女《ろうにゃくなんにょ》、村人達は納得していった。

レイが、前を行くエマに訊ねる。

「準備は万端、ですね？」

エマは頷いた。

やがて村で一番外《はず》れの家に、エマはレイを導き入れた。

丸太の中を削った家は、荒く削った表面が壁と天井になっていた。削らずに残した部分がそのままテーブルやイスやベッドだった。

質素な暮らしをしているようで、家の中に道具などは少なく素っ気ない。キッチンらしい場所には、本当に必要最低限の鍋《なべ》などと、木製の食器が並んでいた。

レイは、エマと並んでイスに座るように言われた。木でできたカップで、嗅《か》いだことのない匂いのお茶が出た。

「美味《おい》しいです」

「それはよかったですわ。——さて、もう間もなくすると、〃彼ら〃が来るでしょう」

エマが、険しい表情で言った。レイがまだお茶の残ったカップを置いて、同じく固い顔を作る。

「はい。〃魔女狩り隊〃ですね……？」

「そうです。魔女狩り隊は、王様の命で動いているのですが、少しでも魔女の噂《うわさ》があると、どこにでもやって来ます。今回は、〃畑の一箇所だけが不思議と枯れた〃という話を旅商人から聞いて、ならばこの村に魔女がいるはずだと」

「でもそれは、作物の病気を防ぐためだったと、因幡さんに聞きました」

「はい。どこにでもあるカビ由来の病気です。私が夜中に酢を撒《ま》いたのでそこだけ枯れて、病気が畑全体に広がるのを防ぎました。ここの村人達はとても長閑《のどか》なので、そんなことは気にしません。しかし、旅商人が見て、大仰《おおぎょう》に伝えてしまったのでしょう」

「そんなことで、〝魔女がいる〟と決めつけてしまうんですね……」

「はい。彼らは、魔女狩りに執念を燃やしています。ちょっとでも普段と違ったことがあれば、それは魔女の仕業だと決めつけてしまいます。そして、どんな説明をしても無駄です。何がなんでも、見つけようとするでしょう」

エマが、苦い顔で言った。そして、ほんの少しだけ顔を緩めて、

「しかし今回は、ここに来るまでに彼らの中で病人が出たとのことで、大きな町にしばらく投宿していました。その情報が、運良くこの村まで伝わりました」

「だから、こうして準備ができたんですね！」

「はい。これは大変な幸運でした。そして、私が困っているとき、突然現れて手を差し伸べてくれたイナバには、感謝の言葉もありませんわ。もちろんあなたにも。レイ」

「どういたしまして！　計画、絶対に成功させてみせます！」

レイはそう言うと、カップのお茶を一気に飲み干した。

昼も半ばを過ぎた頃。地平線の上に姿を現し、そして村にやって来たのは、馬と馬車に乗っ

た一団だった。

魔女狩り隊は、男ばかり十人。

そのうちの七人は、馬に乗っていた。夏だというのに革製の鎧《よろい》を着て、剣や弓など、立派な武器を携《たずさ》えた国軍の兵士達だった。隊長の中年男以外は、若く逞しい青年ばかり。

そして一団の残りの三人は、黒いシャツにパンツ姿だった。黒い山高帽《やまたかぼう》を被った中年が一人と、帽子をかぶってないやや若めの男が二人。こちらは屋根のない、二頭立ての馬車に乗っていた。

村の中央の広場に集まって座る二百人――、つまり全村人の前で、山高帽の男が馬車の荷台に乗り、やけに通る声を上げる。

「我々は、悪魔と契約して人の世に禍《わざわい》をもたらす悪しき存在――、魔女をこの世から駆逐《くちく》するために、国王陛下《へいか》に遣《つか》わされた！　これから我々が去るまで、全て指示に従え！　我々の言葉は、王の命と思え！　――村長は名乗り出よ！」

「わたくしでございます」

村人の一団の中から、老人が一人立ち上がり、歩み出た。

「よろしい！　我々は、これより魔女を見つけ出すために全力を尽くす！　村人達には、協力してもらうことになる！　村長として、何か異論はあるか？　あれば聞こう。遠慮なく申してみよ！」

山高帽の男が居丈高《いたけだか》に訊ねた。

「めっそうもございません……」

「よろしい！　では、この村にいる全ての若い女を前に並べよ！」

「分かりました。しかし、どうか乱暴なことは——」

「魔女以外に手は出さぬ！　村長よ、貴様は我々が、女を無意味にいたぶるために来ているとでも思っているのか？」

「いいえ……」

村長が村人達に、嫌々《いやいや》指示を出した。村人達は自分の娘や妻を、悲しげに見送っていく。

一団の最後尾にいたレイが、

「さて、行きますか」

「行きましょう。そういえば、レイが〝どうやる〟のか聞いていませんわ」

「ちょっとした〝マジック〟です。あ、〝手品〟って意味です。魔法じゃないです！」

レイはエマに小さくウィンクして、村人と魔女狩り隊の間へと進んだ。

村人の中に若い女性は三十人ほど。全員が横一列に並ばされて、村人達に背を、魔女狩り隊に、不安げな顔を向けた。

山高帽の男が、馬車から降りて列に近づいていく。

「この中に一人、魔女がいる！　魔術で穀物を枯らし、村人を誑《たぶら》かした恐ろしい存在が！　この先この村に、そして世界に、災厄をばらまく存在が！　しかしもう逃げ場はない！　もし潔《いさぎよ》く名乗り出れば、我らの信じる〝トルデルデルト神〟の名の下に誓って、苦しまずに殺してやる！　さあ、名乗り出よ！」

当然のように誰からも反応はなく、

「よろしい！　ならば見つけるまでだ！　一人一人、私の手で調べさせてもらう！　魔女には悪魔との契約のときに付いた印が、体のどこかにあるからな！」

イヤらしい目つきでほくそ笑むと、後ろに兵士を従えて、列の一番端の、まだ十代後半に見える若い女の子へと近づいていく。

列の中央付近にすました顔で並んでいたレイが、右隣のエマへと、小声で訊ねる。

「〝魔女の印〟って、そんなの、あるんですか？」

「もちろん、ないですわ。でも、そう信じている人は多い。このおかげで、何人もの娘が辱《はずかし》めを受けたことか」

「はあ……。じゃあ、もう始めちゃっていいですか？」

「どうぞ」

静かな表情でしっかりと頷いたエマを見てから、レイは列から飛び出した。

「ちょっと！　おじさん！」

端の女の子に両手を伸ばしていた山高帽の男以外が、ギョッとした顔でレイを見て、兵士の中には槍を握り直す者もいた。

「なんでこんな馬鹿な事をするんだ！　この村に魔女なんていないのに！」

レイのよく通る叫び声に、山高帽の男がキッと顔を向けた。列から飛び出したレイを、眼光鋭く睨むと、

「小娘！　誰が勝手に動いていいと言った？　発言の許可を与えた？」

ずかずかと近づく男を睨み返しながら、レイが叫ぶ。

「うるさい！　私が私の村で何を言おうと私の勝手だバカ！　いもしない魔女を捜すために破《は》廉恥《れんち》な行為しかできない変態スケベオヤジが！」

「なっ！　小娘……、貴様は、私の偉大な使命を分かっていないようだな……」

さらに近づく男に、残り五メートルほどの距離まで待ってから、

「分かるもんかっ！」

レイは叫びながら、右腕を伸ばした。男へと人差し指を向けて、親指の腹で中指と薬指の腹を擦《こす》る。そこから突然、白い煙が生まれて、細く空へと立ち上った。

「なっ！」

山高帽の男が、腰を抜かしてその場へと尻餅《しりもち》をつくのと、レイに注目していた兵士達がどよめくのが同時だった。

「あれ？」

レイは不思議そうな顔をして、自分の両手を目の前で擦った。そこから、さらに盛大に煙が生まれ、レイの顔を隠す。

それは灰を指に付けて擦れば煙が出るだけの、元の世界では、通信販売で簡単に買える手品アイテムだった。

突然生まれた煙が突然消えるのと、兵士達が全員レイに槍を向けるのと、山高帽の男が叫ぶのが、やはり同時だった。

「こやつだっ！　こやつが魔女だっ！」


「どうかお待ちください！　妹は魔女ではありません！」

「ならばあの煙はなんだ！　お前も見ただろう！　何もない手から煙を出した！　あれは魔法だ！　我々に火の玉を撃とうとして……、しかし未熟で失敗したに違いない！　おお、なんと恐ろしい小娘だ！　我々は、すんでのところで命拾いをしたわ！」

「あれは……」

「むがむが！」

「なあに、それもこれも、調べればすぐに分かることだ！　魔女を見つける方法は簡単だからな！」

「むがむがっ！」

巨木の森の中を、馬車と馬とロバが進んでいた。

馬車には山高帽の男達三人と、体にロープを巻かれて、口に布で猿轡《さるぐつわ》をかませられたレイが乗っていた。見届けるために連れてこられた村長も。

兵士達が馬車を守って、その脇から、エマがロバに横乗りで乗ってついていく。

やがてたどり着いたのは、綺麗な水を湛える泉だった。馬車が泉の脇に止まった。

「うむ、村長。いい泉だ」

山高帽の男が、馬車の上で満足げに言った。

「澄んだ清き水は、トルデルデルト神が我らにお与えくださった聖なる存在！　魔女を受け入れぬ！　だから決して沈まぬ！　この小娘を泉に落とし、沈まなければそれが魔女の証拠だ！」

「むがむが！」

「そんなのは無体です！　沈んだら死んでしまいます！」

泉を囲む兵士達の外側から、エマが叫んだ。山高帽の男が、二人の男に指図して、猿轡だけを外させた。

「小娘！　これが最後の機会だ！　魔女だと白状すれば、斬首《ざんしゅ》にて楽に殺してやる！　魔女だと判明してからでは、もう容赦せぬぞ！　生きたまま王都に連行して、ありとあらゆる苦しみを与えてから火刑に処す！」

「うるさいこのエロオヤジ！　お前それがやりたいだけだろ！」

「いい度胸だ」

「どうかおやめください！　レイは魔女ではありません！」

「大丈夫ですよお姉様！　私は魔女なんかじゃない！　それにトルデルデルト神に守られているから、こんなことで死ぬことなんて絶対にない！　だって、毎日お祈りしているもん！」

山高帽の男が、顔に青筋を立てた。歯が砕けるのではないかと思えるほどの歯軋《はぎし》りをして、

「魔女が、我らの神の名を語るかっ！　この罰当たりめ！　叩き込め！」

二人の男が、後ろ手に縛られたままのレイの体をひょいと持ち上げると、そのまま勢いよく、馬車の上から放り投げた。

「わひゃ！」

レイはお尻から泉の中央に落ちていき、大きな水しぶきを上げると——、
そのまま浮かんでこなかった。


岸に幾度も反射した泉の波紋が収まって、もとの空と森を映す鏡のようになっても、レイは浮かんでこなかった。

二十分以上の時間が過ぎて、静かな泉の脇に、

「ああ……。レイ……」

泣き崩れるエマと、オロオロするばかりの村長と、

「…………」

何も言わずに見守る兵士達と、

「どういうことだ……？　重りをつけてない人間は……、普通はこうまで沈まぬ……」

ボソボソと呟く、馬車の上の山高帽の男がいた。

エマが泣き顔を上げて、山高帽の男を睨み付ける。

「もう間違いないではありませんか！　レイは――、妹は魔女なんかではなかったと！」

「うむ……。どうやらそのようだ」

「あなたは、ただの人殺しですっ！」

「人聞きの悪いことを言うなっ！　我々は国王の命により、この国の民を、魔女から救うためにやっている！」

「無辜《むこ》の娘を殺しておいて、何が〝救う〟ですかっ！」

「なっ、何事も完璧はない！　必要な犠牲《ぎせい》だ！」

泉を挟んで言い争う二人の間で、

「ぷ――、はあっ！」

水面を揺らした泡と共に、レイが水面に顔を出した。

兵士達がおののき、山高帽の男は、またも腰を抜かして馬車の床にお尻をしたたかに打ち付けた。

「ああっ！　レイっ！」

「お姉様ーっ！」

レイは泉で立ち泳ぎをしながら、エマに笑顔で手を振った。

「ど、ど……、ど……」

茫然自失《ぼうぜんじしつ》の山高帽の男へ、

「やい変態エロオヤジ！　私のどこが魔女だ！　言ってみろ！」

「…………」

呆《ほう》けた男を無視して、レイはエマへと、

「お姉様ー！　神様が助けてくださいましたよ！　水の中で、私はトルデルデルト神に出会いました！　優しいお声を聞きました！　お前はまだ天国に来てはいけないと、おっしゃってくださいました！」

「ああ……、ありがとうございます！　ありがとうございます！」

天を仰いでいたエマは、次に山高帽の男を睨み付け、

「これでもうお分かりでしょう！　レイは魔女ではないと！　元よりこの村に、魔女などおり

ません！」

　その言葉を引き継いで、レイが水面から罵声《ばせい》を浴びせる。

「そうだエロオヤジ！　村の女を全員ここに連れてきて、神様に助けてもらわないと分かんないのかバカ！　お前の方が、罰当たりだっ！」

「ぐっ――。トルデルデルト神の思《おぼ》し召《め》しであるなら、是非もない。別の地で、別の魔女を捜す仕事に戻らせてもらう！」

　山高帽の男が、痛む尻をさすりながら立ち上がった。

「全員、今夜中に町まで早駆けで戻るぞ！」

　村長が訊ねる。

「え？　すると、今夜のお宿はいらないので……？」

「いらぬ！　騒がせたな！」

　レイが泉の縁《ふち》に泳いで戻って、

「よっと――」

　そのまま体を持ち上げて仰向けにひっくり返る。

　そこへ、先ほどから呆けていた兵士達が殺到し、太い手を次々に差し伸べた。

「私達に奇跡をお分けください！」

「自分にも！」

「どうか！」

「是非とも！」

「え？　あ、いやあ、参ったなあ……。いやでも、ちょっとだけなら。握手くらいは――」

「お前ら！　行くぞ！」


夜の森の中は、巨木が影を作っていた。

西の空、地平線の上で、巨大惑星が今も輝いている。本が読めそうなほど明るい世界で、巨木の影だけが真っ直ぐ延びて、世界に明暗の縞模様《しまもよう》を生みだしていた。

泉の脇に、小型の四輪駆動車が止められていた、その隣には、ドーム型のテントが一つ張られていた。近くで因幡がアウトドア用の折り畳みイスに座って、小さなテーブルの上で、カセットガスコンロとヤカンでお湯を沸かしていた。

テントのファスナーが中から開かれて、レイが制服姿で出てきた。

「お疲れ様です、因幡さん」

「寝られたか？」

「もうグッスリです！　水泳の後って疲れますもんね！　――エマさんは？」

「もうすぐ来るだろう。お茶飲むか？　もうすぐできる」

「いただきます！」

レイと因幡が、並んでイスに座り、マグカップに入れた紅茶を飲んでいるとき、

「なんとも、素敵な香りですね」

遠くから声が聞こえた。泉の向こう側、巨木の作る影の中から、エマが姿を見せた。

「お姉様！　じゃなくてエマさん！」

エマは泉を迂回《うかい》してゆっくりと近づき、やがて二人の前で、スッと膝をついてしゃがんだ。

そして、丁寧に、深々と頭を下げた。

「何もかも、上手くいきましたわ。本当に、ありがとうございました」

「どういたしまして！　そうだ、エマさん、お茶を飲みますか？」

「異世界のお茶……。大変興味はあるのですが、私の体に何か変化があると大変です。お気持ちだけ頂いておきますわ」

「ああ、そうですね」

レイが残念そうに、ヤカンに伸ばした手を引っ込めた。

「イナバ。こちらが約束の報酬です。足りるかしら？」

エマが小さな革袋を懐《ふところ》から出して、因幡が受け取った。中には、飴《あめ》のような大きさのサファイアが数個入っていた。

「うわ……」

レイが目を瞬《しばた》いて、

「十分です」

因幡は袋を、スーツのポケットに無造作にしまった。

「エマさん……。もう大丈夫でしょうか？　あの人達は、もう来ませんか……？」

心配げなレイに、エマは静かな顔のまま答える。

「そうですね。絶対に来ないとは言い切れないのですが——、彼らはご覧の通りとても信心深い人達です。レイを殺してしまったのかと、あれで本気で後悔していたはず。しばらくは大丈夫でしょう」

「ならよかったです」

「とはいえ……、私もこれ以上、この村に迷惑はかけられません。次の居場所を探すしかありませんね」

「そうですか……」

「いい村だったんですけどね。これも、私の宿命です。私は、ひっそりと生きていく星の下に生まれましたから」

「どうか……、ご無事で」

「ありがとうございます。あなた達のことは、ずっと忘れません。異世界から来た、魔法使いのイナバと、演技と泳ぎが得意なレイのことは」

そう言うとエマは立ち上がり、歩き出した。

真っ直ぐ泉へと向かい、その手前に走る巨木の影に隠れた。

再び現れたとき、エマはその水面の上を、小さな波紋を立てながら歩いていて、

「わあ……」

目を輝かしているレイに、美しい笑顔で振り向くと、

「ちょっとした〝マジック〟ですよ」

華麗に体を回転させて、光の中で舞った。

おしまい

第十話
「絵から生まれたストーリー」
―Portrait of Re:I―

第十話「絵から生まれたストーリー」
—Portrait of Re:I—

都会の片隅に、その小さな小さな芸能事務所はあった。

私鉄の駅前にある、間違いなく昭和に建てられたであろう細い雑居ビル。いかがわしい店が看板を並べる中、その三階を借りていた。

狭いエレベーターホールの前には、

『有栖川芸能事務所』

そう書かれた小さなプレートがぶら下がっていて、そのドアの先に、応接室と事務室を一緒くたにしたような部屋がある。

隣には磨りガラス窓で仕切られた部屋があって、『社長室』のプレートがあった。

その応接室で——、
一人の少女がソファーに座り寝ていて、それを部屋の端から写真に撮ろうとしている女性がいた。

真っ赤なスーツスカート姿の女性——、四十代と公表しているが、それよりグッと若く見える女社長が、大きなデジタル一眼レフカメラの光学ファインダーを覗いていた。

デジタル一眼レフカメラも、背面の液晶で画面を見ながら撮ることはできるが、社長はしっかりと、昔ながらの光学ファインダーに右目を押し当てていた。

ソファーで背をもたれて座っているのは、そして目を閉じて寝息を静かに立てているのは、この芸能事務所に所属する、十五歳の女子高生。

白いワンピースの、右胸の位置に大きな青いリボンが目立つ制服を着ていた。腰まである長い黒髪を、カチューシャで留めている。

女社長はカメラを一度下ろすと、ブラインドが薄く開いている窓からの昼の太陽光をチラリと見た。そして静かに、足音を立てずに数メートル横に動いて、そこにある机の脇で、またファインダーを覗いた。

「うーん……」

そしてシャッターを切らずに唸《うな》っているとき、エレベーターホールに繋がる事務所ドアが開いた。

入ってきたのは一人の男。

黒いスーツの上下を着た、身長百五十五センチと、男にしては小柄な体。特徴的なのは髪で、短い髪は、全て真っ白だった。大きな双眸も相俟って、外国人の少年のように見えた。

手には、大きめのボストンバッグを一つ提《さ》げていた。

「おかえりー、因幡」

社長に因幡と呼ばれた男が、

「戻りました。――何を？」

「うん、見ての通り、レイの撮影」

「撮れましたか？」

「全然」

「フィルムの無駄では？」

「因幡ふるーい！　もう、フィルムなんて使ってないんだよこの世界では！」

「そうでした。どうも癖で」

二人の声で、

「むあ？」

レイが目を覚ました。

両目を軽く擦って、そして開いて、

「あ！」

自分が事務所で爆睡していたという認識に至って、

「すみませんっ！」

叫びながら立ち上がった瞬間を、社長に撮られた。

「あ？」

レイが首を傾げ、

「どれどれ……？」

社長はカメラを操作して、背面液晶に今撮った画面を出した。

それをしかめっ面で睨んで、

「駄目かー」

大きなカメラを机の上にどん、と置いてから、因幡に訊ねる。

「仕事ゲットした？」

「いいえ」

「あらま」

「でも、レイにはやってもらいたいことが」

「あのう……、どういうことでしょうか？」

応接室壁際に設置してあるコーヒーメーカーに豆を入れ終えてから、レイが訊ねた。

「うん、どういうこと？」

ソファーに座っている社長も訊ねた。

因幡は社長の対面に座り、いつも通りの表情のない顔で、淡々と答える。

「最初に言わせてください。これは俺のミスです。お金にならない仕事を、しなければならなくなりました。大変申し訳ありません」

社長に深々と頭を下げた因幡を、レイが壁際から心配そうな顔で眺《なが》めて、

「ほう、言うてみ？」

社長はわざとふんぞり返って、意識的に偉そうな口調で答えた。

「まずは、これを見てください」

因幡が、スーツの懐から自分のスマートフォンを取り出した。ロックを解除して画面を出して、テーブルの上に置いて社長に見せた。

「ぬあっ？」

社長が野太い声を出して驚いて、即座に壁際のレイへと視線を送る。

「レイ、ちょっとこっち来て！　となり座って！　これ見て！」

「はい。なんでしょう……？」

レイが早足でテーブルへ移動し、社長の脇に座った。そしてゆっくりと画面を覗き見て、

「ええっ！」

声を上げた。大きな目をさらに開いて、顔を寄せて画面を凝視《ぎょうし》した。

「こ、これ！　私の写真じゃないですか！　え？　いつ撮られたんですか？」

スマートフォンの画面の中に、レイがいた。

今着ているのと同じ、白い制服姿だった。少し体を斜めにして、両手を体の前に合わせながら下ろし、顔は真っ直ぐこちらを向いて、上半身が映っていた。背景は無色。

レイは、静かに口元を緩ませて、目尻を下げ、華麗に微笑《ほほえ》んでいた。少しの緊張が表情から窺《うかが》えたが、それが一層、ただ可憐《かれん》なだけではない雰囲気を醸《かも》し出していて、彼女を魅力的に見せていた。

「いい顔してるね！　レイ！」

「いやあ……、それほどでも！　はい！　可愛いですねこの私！」

「うんうん」

レイのポートレートは、三重の縁取りをした金の額縁に入れられて、大理石らしい壁に掛かっていた。その下に、まったく読めないが、タイトルを記しているであろうプレートがあった。

因幡が指を伸ばして、画面をスライドさせた。

先ほどより引いた――、つまり遠くから撮った、あるいはズームをやめた写真になった。

額縁がかかる大理石の壁の周囲に太い柱が見えて、タイル張りの床が見えた。レイの肖像の手前には、人が近づかないように、えんじ色の太いロープがゆったりと張られている。

引くことで、額の大きさの予想が付いた。ロープの太さがこの世界と同じくらいのものなら――、額の横幅は一・五メートルほど。縦が二メートル近く。かなり大きなものだった。

「ほほう。これを見るに、美術館だねえ」

「ですよね……。立派に飾ってありますね……」

社長とレイが素直な感想を漏《も》らして、

「はい、とある異世界の、その国の――、いえ、その世界最大の美術館です」

因幡はそう言いながら、さらに写真をめくる。

巨大な建物を遠くから、そして高い場所から撮った風景になった。

お城か王宮のような、凝《こ》りに凝ったデザインが施された建築物が、植物の緑が輝いている庭を従えて、透明感のある蒼い空の下に鎮座《ちんざ》していた。遠くの空、地平線の上には、巨大な月が二つ並んで、薄く白く光っていた。

「興味本位でその世界に行っていましたが――」

因幡が、小さく首を横に振りながら言う。

「まさか美術館で、それを見つけてしまうとは……」

「まあ、見つけてしまったものはしゃーない。で、一体全体、これはなんじゃらほい？　写っているのは、どう見てもレイだけど」

「レイです。そして、これは実は、写真ではなく絵なんです」

「えー！　あ、シャレじゃないよ？」

「なんと……、これが、絵なんですか……。ずっと写真だとばかり！」

社長とレイが立て続けに、そして本気で驚いていた。

因幡が、画像をアップの一枚に戻す。

写実的に描かれたそれは、こうして画面越しに見る限り、カラー写真とまったく区別が付かなかった。

「この作品のタイトルは『レイの肖像』と――、まあ、実にそのままです」

「やっぱり〝レイ〟なんだ。よく似た他人じゃないんだ。はー、驚いた」

「私も……、驚きました……」

「では、次にこれを見てください」

因幡が、言いながらボストンバッグに手を伸ばす。

取り出したのは、細長い筒。中に丸められて入っていたのは、さっきのレイの肖像のポスターだった。

「その美術館で売っていた、レプリカポスターです。さっきのは禁止されていた場所での盗撮だったので、というより、そもそも開館前にコッソリ忍び込んでいたので。絵の細部が分かるように、一つ無許可で手に入れてきました」

「んー、それって――、〝窃盗《せっとう》〟？」

社長が聞いて、

「そうとも言います」

サラリと答えた因幡はスマートフォンをどかして、机の上にポスターを置いた。実際のレイより大きなレイが、机の上で優しげな微笑みを浮かべる。

写真のようなそれは、

「はー。これは壮観」

「すごいです……」

近くで目をこらしてじっと見つめて、ようやく誰かの手によって描かれたものだと分かった。

「この絵があることを踏まえて——」

因幡が、ボストンバッグから、一冊の本と、書類ケースを取り出した。

ハードカバーサイズの、革《かわ》をふんだんに使った渋い装丁の本を机の上に、ポスターの脇に置いた。その表紙に書かれた文字は、やはりまったく読めない。

因幡が表紙をめくると、最初のページには、『レイの肖像』が印刷されていた。そして次のページから、読めない文字がずらずらと続いていた。

因幡は本を閉じ、おもむろに書類ケースを開いた。

入っていたのは、Ａ４サイズの紙を数十枚、クリップで纏めたもの。それを社長とレイ、そ

れぞれに一部ずつ手渡した。

「こちらの本の内容を、俺が翻訳してプリントアウトしたものです」

一番上の紙に、

【回顧録　～なぜ私が『レイの肖像』を描くに至ったか～】

日本語でタイトルがプリントされていた。

「タイトル通り、あの絵を描いた画家が残した手記です。少々長いですが、これを読んでください。答えはここにあります」

「なるほど。どれどれ」

社長が、

「読ませてもらいます」

レイが、紙束を手に取り、同時にめくった。

＊　＊　＊

この手記を皆さんが読んでいるとき、私はこの世界にはいない。では、〝地獄〟と呼ばれる場所なのか、それとも皆が憧れる〝天国〟という場所なのか、それは分からない。私はこの手記を、『絶対に私の死後に発表するように』と、信頼できる者に預けた。

これは、私があの絵を、すなわち国営美術館に飾られている『レイの肖像』を描くに至った経緯を記した手記だ。

最初に書いておくが、私は皆さんご存知の通り、単なる絵描きだ。詩人でもなければ随筆家《ずいひつか》でもなく、ましてや小説家ではない。長い文章を書くことなど、まったくもって不得意だ。なので、努《つと》めて簡単な文章で書きたいと思う。

私は、幼い頃から、後述するが五歳の時から、日記を書いていた。そして棺桶《かんおけ》に半分の脚を突っ込んでいる今日まで、——大怪我《おおけが》で意識がなかった数日間を除いてだが——、一日も欠かさずに続けている。(因幡注・この世界の暦《こよみ》は、俺達の世界とは違う。分かりやすくする為《ため》に、そう訳した)

出来事はできるだけ細かく日記に書いた。日記帳は誰にも見せずにずっと保管していた。分厚く積み上がったくすんだ紙の山を見ながら、この文章を書いている。だから、この手記に出てくる日付や出来事の記録に、大きな間違いはないと信じている。

半年前に『レイの肖像』を発表して以来——、いろいろな場所でいろいろな人に訊ねられた、そしてはぐらかしてきた、全ての答えがこの手記だ(日記は死後燃やしてもらうことにしている)。

この手記が『レイの肖像』と共に、この世界にいつまでも残ってくれたら、とても嬉《うれ》しい。

私が初めてレイに出会ったのは、五歳の時だった。その年の晩秋、十一月二十四日のことだ。

当時私は、ゾルデルブルベバッツテデに住んでいた。これを書いている今は摩天楼《まてんろう》が隙間なく敷き詰められた我が国屈指の大都会だが、当時は教会の尖塔《せんとう》が一番高い建物だった。とてものんびりとした町だった。

今では集合住宅が鱗《うろこ》みたいにびっしりと建っている町の外れの丘の上に古い一軒家があり、森の緑に囲まれていた。

今の人達は、〝まあ、自然豊かな暮らしですね素晴らしい〟と思うかもしれないが、当時そんな場所に住んでいるのは、我が家のようなお金に苦労している家族だったのだ。お金持ちは、町の中心部にこぞって家を建てていて、地価がどんどん上がっていた。

五歳のことだが、鮮明に覚えている。その日から日記をつけるようになったからだ。その日記を何度も読み返せば、記憶は繰り返されて固定される。レイと出会った日に日記を書き始めたことを、都合のいい偶然だと思う方もいるかもしれないが、これは何も不思議なことではない。なぜなら、レイが私に言ったのだ。今日から日記を付けなさい、と。

五歳の私は、一人で森の中で遊んでいた。四歳年下の妹がいたが、もちろんまだゆりかごの中だった。この森に来る人など、他には誰もいない。

私は一人で木々の間をすり抜けて走り、枝を伝って逃げる小動物を追いかけ回し、疲れたので大きな虚《うろ》のある巨木の下で、集めた落ち葉の上にひっくり返っていた。子供の頃といえば、それくらいしか遊びがなかったからだ。

落ち葉のベッドでウトウトして、少し寒さを覚えて目を開けたときに、

「やあ！」

レイが突然そこに居たのだ。脇に立って、私を見下ろしていた。

「小さいね。可愛いね」

レイは言った。

まず私は、夢を見ているのではないかと思った。見たこともない白い服装の、見たこともない存在が、音もなく近付き、分かる言葉で優しげに話しかけてきている。

そのときの光景は、日記などなくても目に焼き付いている。私が見たそれは、皆さんが『レイの肖像』で見ている。他に説明しようがない。

「驚かせてごめんね。私はレイ。初めまして。可愛い子、あなたのお名前は？」

私は驚きつつも、〝名乗った者に名を聞かれたらすぐに答えるべし〟との父の教えを、愚直に守った（父は自分が貴族の血を引いているとずっと信じていて、儀礼にうるさかった）。

「そう、あなたはルィテピヴィ・プヴィヴィヴィプ・ウィエッツデヴヴィップィっていうの。素敵な名前ね。でも、とても難しい発音ね。間違えていたらごめんなさい」

レイはそう言ったが、完璧な発音だった。ご存知の通り、酔狂《すいきょう》な父が名付けた、当時ですら古風で厳《いか》めしい名前だったのだが。

「レイ、は、なん、ですか?」

落ち葉の上で上半身だけを起こした状態で、私はそう聞いた。たどたどしく。

子供だからそのときは分からなかったが、私は腰を抜かしていたのだ。あまりの驚きで、まったく身動きができなかったのだ。よくも口だけは動いたものだと思う。

「私は、レイ。覚えておいて」

「はい……。おぼえ、ます」

忘れようとしても忘れられるものか。これは言わなかったが。そんな余裕はなかったが。

レイは私に聞いた。遊んでいるのかと。私は肯定した。レイは、森の中の遊びは好きかと聞いた。私は肯定した。

「それって、一番好きなこと?」

私は、素直に、他にやりたいことがあると答えた。

「それはなあに?」

私は答えた。絵を描きたいと。

少し前に、家族で教会に行って、私は生まれて初めて絵を描く機会に恵まれた。古い紙と短くなったクレヨン。初めて見た。初めて触った。今でこそ子供達には簡単に与えられるものだが（大量生産時代に感謝だ）、当時の町では、それはお金持ちの子供だけが触れるものだったのだ。教会にあったのは、金持ちが寄付した、あるいは捨てたものだった。

私はそれらを使って、人生で初めて絵を描いた（地面での練習で、早くに字は書けるようになっていたが。色の付いた絵は描いたことがなかった）。自分が手を動かすと色が付いた線が生まれる。線が組み合わさって何かが生まれる。素晴らしい経験だった。

人生初の絵画を経験した直後だった私は、もっと描きたいという欲望に囚《とら》われていた。だから、レイに素直に答えていた。絵を描きたいと。

「ふうん。それは楽しそうね。じゃあ、するといいわ。好きなことはすぐに上手《じょうず》になるでしょうね」

でも、うちには紙もクレヨンもないんです。私が言うと、

「じゃあ、あげるわ。これを使って」

レイは数歩進んで巨木の虚へと、白い手を二本入れて、金属の箱を取り出した。

長方形の、まるで父の使う工具入れのような金属の箱。そんなものは、数日前に覗いて見たときは、そこにはなかったが。

レイは箱を、私の脇に置いた。落ち葉が少し沈んだ。レイが、留め金を外して蓋《ふた》を開けた。

中にびっしりと入っていたのは、真っ白い紙と、まだ長い、新品のクレヨンがぎっしり詰まった瓶《びん》だった。協会で見た使い古しのそれとは比べものにならないほど、光り輝いていた。

「これを使って絵を描くといいわよ。紙とクレヨンは、なくなったらこの箱の中に補充しておいてあげるから、箱は必ず虚に隠しておいてね。そして、このことは絶対に誰にも話してはだめ。紙もクレヨンも、家族に見せてはだめ。たとえ妹でもね。ここで描いてここに隠しなさい。私のことも、秘密にしなさい。約束してくれる?」

レイが何者でも構わない。どうせ誰かに話しても信じてもらえないだろうとは、五歳の子供にも分かったし、そんな得体の知れない(と思った)レイのことよりも、これからたくさん絵が描ける方が嬉しかった。

私が立ち上がりながら約束すると言うと、レイはにっこりと微笑んで(そう見えたのだ)、最後にもう一つだけ言った。

「今日から日記を付けなさいな。毎日の出来事を、なるべく細かく書くの。字は書けるんでしょう? ご両親に言えば、そのための日記帳とペンを、無理して買ってくれるはずよ」

「わか、った……。ありがとう」

私が震える声で言うと、レイは言った。

「どういたしまして。それじゃあ――、さようなら」

そして、一瞬で消えた。まるで霧のように。

私はレイを捜さなかった。箱の中から、白い紙とクレヨンを手に取った。

その日から、私は森の中で一人、誰にも秘密で、誰にも見せない絵を描き続けた。

紙とクレヨンは、なくなりそうになると補充されたので、箱は一度も空になることはなかった。いつ誰が（レイなのかそうでないのか）補充しているのかなど分からなかったし、分かる必要もなかった。

そのとき描いた絵は、ほとんどが森の風景や木々、草花、小動物、昆虫などの簡単なスケッチで、ほとんど全てが失われている。

野放図に描くことがただ楽しく、取っておこうという気がなかったのだから無理はない。箱に入れておくと新しい紙の邪魔になるからと、ある程度たまったら穴を掘って埋めてしまった。今から森を捜しても出てこないだろう。私の絵をいつも高く買ってくれるありがたい画廊よ、諦《あきら》めてくれ。


二回目に会ったのは、私が十一歳の冬だ。

当時私は小学校最上級学年であり、両親と妹と共に、ゾルデルブルベバッツテデの町中に住み始めたばかりだった。

経歴で知っている人も多いだろう。その歳のその冬、私は家族を一度に失った。好景気で仕事が増えて給料がよくなっていた父も、それを誰よりも喜んでいた母も、まだ七歳で天真爛漫《てんしんらんまん》を絵に描いたようだった可愛い妹も。

歴史の授業で習っただろう。その時代、〝バプヌリユット風邪〟が世界を席巻《せっけん》した。私の家族は、全世界で何百万も死んだその悪魔の感冒に、あっさりと連れ去られてしまったのだ。

ずっと一緒にいた私にはうつらなかった。それが神の御業《みわざ》なのか、悪魔の悪戯《いたずら》だったのか、今でも分からない。

私は十一歳で天涯孤独《てんがいこどく》となった。父が借金をして買った家は、不況で喘《あえ》ぐ銀行に笑顔で差し押さえられて、私は無一文で、この世界で一人で生きて行くことになった。

私は町外れにある国の運営する孤児院に引き取られた。似たような境遇の子供達で溢《あふ》れかえっている場所に押し込まれた。毎日がうるさいだけの、子供達が大量に詰まった部屋。少ない食事に絶えない喧嘩《けんか》。酷い場所だった。学校も兼ねていたので、そこから出ることすらない（もちろん、飢えて死んだ子供に比べると、私は恵まれていたのだが）。

毎日を陰鬱《いんうつ》と過ごしながら、どうして神様は私も家族とともに連れて行ってくれなかったのだろうと嘆いた。当時の日記には、恨《うら》み辛《つら》みの文字がこれでもかと躍っている。

町中に引っ越して以来、森には戻っていなかった。理由の一つはもちろん、子供の脚には遠いこと。もう一つは、学校では、――孤児院に入る前に通っていた学校では――、教師の計《はか》らいで自由に絵が描けたこと。

入学したときに、私に絵が上手いね、と言ってくれた教師には心から感謝している（彼女もまたバプヌリュット風邪で亡くなってしまったが……）。

孤児院とそこに付属する学校では、ほとんど絵を描くことができなくなって、急速に絵への情熱が失われていった。

前置きが長くなった。そんな最中に、私はレイに再び会ったのだ。


孤児院では〝お手伝い〟という名の労働を課せられることがある。孤児院内での洗濯や荷物運び、または町に出て早朝の新聞や牛乳の配達。私はまだ十一歳だったが、体格には恵まれていたので、自分の脚で走って新聞配達をすることになった。

今で言えば〝児童労働禁止法〟違反であろうか。当時の私には、少なくとも施設からは出られる楽しい時間になった。そして、レイにも出会えた。

ある日の朝、配達を終えて戻ろうとすると、突然の豪雨になった。後に〝七月七日豪雨〟と呼ばれる大災害の前日のことだ。誰もいないバス停の待機小屋の中で、狭いベンチに座り、私は雨が止まないか待っていた（結果的にこの雨は止まず、私はずぶ濡れで帰るわけだが）。

トタン屋根を叩く雨粒の音がものすごく、それ以外何も聞こえなかった最中に、

「こんにちは」

雨音の中に澄んだよく通る声が混じって、ふと顔を上げると、レイがいた。

六年ぶりに見たレイは、六年前に見たレイだった。顔も、声も、服も、何も変わっていなかった。すなわち、皆さんが国営美術館で見る『レイの肖像』に描かれているレイだ。豪雨の中だというのに、まったく濡れていなかった。

「ルィテピヴィ・プヴィヴィプ・ウィエッツデヴヴィップィ。久しぶりだね。元気そうで嬉しいわ。お父さんとお母さん、妹さんのことは、とても残念に思うのだけど……」

突然の再会と、姿が変わっていないことと、一切《いっさい》濡れていないことの驚きに、なんで全てを知っているのかという驚きが加わった。

「絵は描いているかしら？　日記は書いている？」

私はそのとき、ぼんやりと理解した。レイを自分達と同じ物差しで測ってはいけないと。レイはレイとしてこの世界にいて、たぶん私にしか見えないのだと。

それから私は、何も言えずに、ただ泣いた。いろいろな驚きと、レイに再び会えた嬉しさとがごちゃごちゃになって、ただただ泣いた。家族を失ってから、これほど泣いたのは初めてだった。

「そうだね。とっても悲しかったね。何も言わなくていいよ」

静かな時間が流れた。

私もレイも何も言わず、雨の音だけが聞こえた。

どれくらいの時間が過ぎたか分からない。レイが歌い出した。

雨音にも負けない、いや、むしろ雨音を自分の配下にしたように。澄んだ声で、聴いたこともない歌を。

その短い歌詞は、今でもハッキリと覚えている（帰宅後すぐに日記に書き記してはいるが）。

わたしはしっている
わたしがどこからきてどこへいくのか
わたしはしっている
あなたがどこからきてどこへいくのか
あなたはしらない
わたしがどこからきてどこへいくのか
あなたはしらない
あなたがどこからきてどこへいくのか

初めて聴くメロディだったし、今でも同じメロディと会ったことはない。ただ、今でも時々、私は歌う。

歌詞の意味も、正直分からなかった（そのときは）。ただ、雨の中聴いたレイの歌声は、私を優しく包んでくれた。温かかった。

何度か繰り返される歌を聴きながら、私は眠ってしまっていた。目が覚めるとレイはいなくて、雨も止んでいなかった。

大雨の中濡れながら帰る道で、私は心に決めた。これからの人生に何が起きるか私には分からないが、少しずつでもいいから、絵だけは描き続けようと。

そうしたら、またレイに会える。そんな気がしたのだ。

三回目は、私の人生で最大の危機を迎えていたときだった。ご存知の方も多いと思うが、私には腕が一本ない。戦争で負傷したからだ。

孤児院にいたのは十五歳まで。義務教育を終えると私は働き出した。鉄道会社。農家。自動車工場。金物屋。学校の用務員。鍵屋《かぎや》。我ながら、短い間にいろいろと変えたものだ。

絵を描くことを再開し、ずっと描き続けていた。給料は食費と画材に消えた。今でこそ、どんな絵でも描ける絵描きだなどと言われているが、当時は黙って無料でモデルになってくれる風景ばかり描いていた。

いくつかの作品は、ご存知の通り、今でも残っている。若い頃に描いた絵が持《も》て囃《はや》されるのは、実に面映《おもは》ゆい。自分では失敗作として残したものもあったのだが……。それがどれかは、秘密にしておく。

十八歳になって、他のみんなと同じように徴兵され、間もなく戦争が起きた。忌《い》まわしき世界大戦だ。今は気軽に遊びに行ける隣国になった国々と、何年も本気で殺し合ったのだ。

私は輜重兵《しちょうへい》として戦地に赴《おもむ》いた。物資の管理や補給を担当する部隊だ。最前線に行くことはほとんどないはずだったので、負傷するなどとは思っていなかった。

十九歳の三月九日。駐屯地《ちゅうとんち》で朝食中、何かが唸る音を聞いた次の瞬間に、私は意識を失っていた。気付いたのは六日後の十五日。野戦病院のベッドの上だった。

不思議と頭はスッキリしていて、まるで何もなかったかのような目覚めだったが、腕は一本なくなっていた。軍医の話では、駐屯地が長距離砲の直撃を受けて、私は何メートルも吹っ飛ばされた。一本の腕は破片を浴びてズタズタになり、付け根から切るしかなかったと伝えられた。

すぐ側にいた何人もの仲間が即死したのに、私は死ななかった、そして失ったのが利《き》き腕《うで》でなかったのが救いと言うことはできようが、絵を描くのに手は何本だって欲しい。当時の私には、世界から色がなくなってしまうかのような衝撃だった。

レイと再会したのは、四月の一日だった。野戦病院から銃後の病院に移送させられて、鈍く痺《しび》れる傷口と戦っていた頃だ。

　場所は病院の屋上。患者の立ち入りは禁止されていた。もちろん自殺防止のためだが、私は毎日のように、昔の仕事で覚えた方法で鍵を勝手に開けて登っていた。絵は描けないが、景色だけは目に焼き付けようと。

　干してあるシーツの陰から、突然レイが出てきた。レイは、これまでのように、何も変わっていなかった。姿も、声も。

「今日も悲しそうな顔をしているのね、ルィテピヴィ・プヴィイヴィイプ・ウィイエツッデヴヴィッププィ。どうしたの？」

　私は、レイに一方的に捲《まく》し立《た》てていた。見て分からないのかと。こんな体では、普通の仕事も難しい。これから、どうやって絵を描いていけばいいのかと。そのときの憤りを、全てレイにぶつける形になったが、レイは黙って聞いて、そして静かに言った。

「仕事ができないのなら、絵を仕事にしなさいな。なるべく賑《にぎ》やかで大きな町に行き、そこでみんなの前で絵を描くのよ。一生懸命にね。誰かが、あなたの絵を買ってくれる日まで。どれほど辛くても、ひたすらに絵を描くの」

　そんな楽天的なことは、考えたことがなかった。毎日の生活のために齷齪《あくせく》と働いて、余暇で絵を描くのが、私に許された行為だと思っていた。

　私はレイに言い返した。そんな甘い考えでいいのかと。当時の戦況もよくなかった。戦争に負けて国がなくなるのではないかと、国民全員が恐怖していた時期だった。そのことも、私は口にした。

「大丈夫よ。戦争はあと四年間ダラダラと続くのだけど、この国が負けて滅ぶことはないから」

レイは、さもつまらないことのように言った。まるで、天から睥睨《へいげい》する神のような口調だった。

「絶望だけはしないで。絶望は心を殺すわ。あなたはとにかく描くの。残った腕を目一杯使って描くの」

そしてどうなるのか？　私は訊ねた。

レイは、静かに微笑んで（そう見えた）答えた。

「そして、私達はまた会うの」

屋上に強い風が吹いて、飛ばされたシーツが私を包んで、残った腕でそれを剝《は》ぎ取ったとき、レイはもういなかった。

私は、絶望するのをやめた。レイの言った通り、全てがいい方へと向かうと勝手に思い込んで、希望だけを持って生きることにした。

戦争は続いていたが、私は負傷により除隊となった。故郷には戻らなかった。首都に移り住み、傷痍軍人《しょういぐんじん》としての恩給と、残った腕でできる細々とした仕事で糊口《ここう》を凌《しの》ぎ、使えるお金は全て絵につぎ込んだ。戦争は、レイの言った通りに終わった。

この先のことは、たぶんいろいろな場所で質問に答えたから、知っている人は多いと思う。首都のあちらこちらで、何かに取り付かれたかのように風景画を描いていたのを新聞社に見つかり、挿絵《さしえ》を描くようになった。やがて大きな絵をじっくりと仕上げる余裕ができて、それを売って、絵描きとして生きていけるようになった。

などと簡単に書いたが、絵だけで食っていけるようになるまでは二十年かかっている。苦労の連続だったが、もちろん今振り返れば、楽しかった。希望だけを胸に邁進《まいしん》した日々だった。

思い起こすと、当時はレイに会いたいと思ったことがなかった。また会えるとは思っていたが……。私の人生に危機が訪れるとレイは現れるのではないか？　あるいは、私の脳が創り出した都合のいい存在なのではないか？　そう日記に書き残している。

四回目に会ったのは、私が絵描きとして生きているときで、別に人生の危機だとは思っていなかった。

「すぐに病院に行きなさい！」

四十二歳の三月十一日。首都の郊外に新築したアトリエで一人、昼の光源を使いながら、花瓶と花を描いていたときだった。うしろから、恐ろしい剣幕でレイに怒鳴られた。

筆を落として振り向くと、レイが睨んでいた。同じ外見で服装だったことは書くまでもない。何十年経とうがレイはレイなのだ。五歳のあの日、見上げた姿なのだ。

私は会えたことを喜び、ここまで自分が歳を重ねてこられたのは彼女のおかげだとひたすらに感謝したが、その言葉が終わったらすぐにレイは叫んだ。

「いいから、すぐに病院に行きなさい！　ルィテピヴィ・プヴィヴィヴィプ・ウィエッツデヴヴィップィ！　そして、最新の検査機器で、体中隈無《くまな》く調べてもらうの！　いいわね！」

軍隊にいた頃を思い出す、上からの命令だった。

私は理由を訊ねた。体調は問題なかったし、二十年間、病気らしい病気もしなかった。なくなった腕が時々疼《うず》くくらいだった。

「いいから行くの。理由など聞かないで」

圧の強い言葉だった。窓から真っ直ぐに陽が入るこの時期に絵を仕上げたいから、それが終わってからでいいかと、私は無駄だと思いつつ訊ねたが、

「いいから行くの。これから先も、絵を描いていきたいのならね！　いいわね！」

分かった、分かったと、私は諦めた（その後しばらくして、冬の光源で仕上げたのが、今ゾルデルブルベバッツテデ美術館に置いてある『冬の花瓶』だ）。

私は、かすかな抵抗を試みた（なにせ私は、四十二歳の大人だったから）。すぐに病院には

行くが、そのご褒美《ほうび》はもらえないかと（どこが大人だ）。

レイは笑って（そう見えた）、とてつもなく嬉しいことを言ってくれた。今まで、心の隅では思っていて、しかしレイには頼むことができなかったことだ。

「じゃあご褒美をあげる。病院に行けば、次に会ったとき、モデルになってあげるわ」

悪性腫瘍《あくせいしゅよう》が見つかったのは、その検査でのことだ。

私は以後ずっと訊ねられてきた。そんなに初期の自覚症状もない段階で、どうして病院に行こうと思ったのかと。医者にも、何度も言われた。確かに発見は最新の検査機器の力ではあるが、なぜあんなに高いお金を出す検査を、腫瘍がギリギリ発見できるサイズだったこの日に受けに来たのかと。

「五歳の頃から姿形を変えずに現れるレイに厳命されたからです。彼女が恐くて、しかしご褒美が夢のようだったからです」

もちろん誰にも言っていない。言っていたら、おかしくもない頭を調べられていただろうから。

それから今まで、私は体のあちこちで生まれる悪性腫瘍と共に生きることになった。付かず離れず、毎年の検査で一喜一憂しながら。しかし、一病息災という言葉の通り、命を奪われることもなく、絵が描けなくなることもなく、この年までひとまず過ごせたのは、医者と、最新の医療と、レイのおかげなのだ。

レイは、次に会ったときにモデルになってくれると言った。

では、〝次〟とはいつなのだろう？　私は疑問に思いながら時を過ごしていった。しかし、レイがもう二度と現れないなどとは、微塵《みじん》も思わなかった。

三十年という時が、あっと言う間に過ぎていった。

絵描きとしての名声はとても有り難いが、それ故《ゆえ》に誰かと会わねばならないのは、正直苦痛だった。それより時間が欲しかった。次の絵を描く時間が。

結婚もせず、稼《かせ》いだお金も使わず、ひたすら一人で絵を描き続けた私を、世間は変わり者だと思っただろう。

七十八歳になって、病気以外にも体の衰《おとろ》えを強く感じるようになった。そんなとき、一月四日の私の誕生日に、レイと会った。

それが、今のところ最後の出会いだ。

僅か半年前のことなので、本当によく覚えている。

その日の朝、いつも通りアトリエに入ると、レイが座って待っていた。ちょうど気持ちよく光が当たる場所で、小さなスツールに座って。

レイはもちろん同じ姿だったが、ほんの少し、これまでとは違っていた。

緊張、なのだろうか？　少し震えているようにすら見えた。しかし、私には、レイのこの顔が、とても美しく見えた。

ああ、そうだ。私はずっと、五歳の時からずっと、レイを美しいと思っていたのだ。この年になって、やっとそれに気付いたのだ。

「こんにちは。モデルになりに来ましたわ。準備はよろしいですか？」

「ああ、待っていたよ」

私はいつでもいいように、レイを描くための全ての準備を終えていた。誰にもアトリエに入らないように門番に厳命して、レイを描き始めた。

最初はスケッチを、そしてキャンバスに下描きを始めた。残った腕をフルに使っての、かなりのハイスピードだった。この日一日しかないと、私は言われなくても分かっていた。

静かな時間が過ぎていった。緊張気味のレイが、口を開いた。

「少しお話をしてもいいかしら？」

「もちろん構わないよ」

「でも、何を話せばいいかしら？」

「では、僕から質問してもいいかな？」

「なんなりと」

私は、五歳の頃からの問いを、この日初めて投げかけることができた。

「どうして、レイは変わらないの？　僕はあれから、こんなにも歳を取ったというのに」

「私は変わりませんわ。この顔が一番好きだから。この服装が一番好きだから。この髪型が一番好きだから」

「それは道理だね。では、それがどうしてか、聞いてもいいかい？」

「簡単ですわ。あなたに初めて出会ったときの顔と服装と髪型ですから」

「それは、道理だ。だから僕はこうして、あのときのレイを描くことができる」

それからは、何も話さなかった。

美しい時間が過ぎていった。私は自分でも呆れるほどの速度で正確に色を載せ、細部を直し、レイの絵を描いた。誰も信じないと思うが、あの絵は一日もかからずに描き上げたものだ。

夕暮れすら始まっていないときに、私は筆を置いた。

「できたよ。見て欲しい」

私が言うと、レイは静かに答えた。

「もう知っているから、見る必要はないの。素敵な出来ね。嬉しいわ」

「ああ、それで僕にも分かったよ。今までありがとう。これからよろしく」

「どういたしまして。これからよろしく」

私はレイを見つめながら、ゆっくりと両目を閉じた。八つ数えてから目を開いた。

さっきまで二人だったレイが、一人になっていた。今も国営美術館であなたを見ているレイだけが、アトリエに残された。


これが全てだ。日記を元に、世界中の神に誓って嘘偽《うそいつわ》りなく、本当の事を書いた。

皆さんは『レイの肖像』を見て、〃不思議な気持ち〃しか起きないだろう。

私にとっては、レイは永遠の存在であった。それをこの世界に残すことができて、本当に嬉しかった。私は、このために産まれたのだ。

〃レイ〃はこれからも、国営美術館で、永遠のときを過ごすだろう。


ここまで、老人の思い出に付き合ってくれてありがとう。

嘘くさい話だと思うかもしれない。デタラメを書いたと激怒するかもしれない。

でも、私はもう死んでいるから、文句は受け付けることはできないのだ。


ルイテピヴィ・プヴィヴィヴィプ・ウィエッツデヴヴィップィ　人生の黄昏《たそがれ》に記す

＊　＊　＊

社長とレイが、ほぼ同時に読み終わって、

「はー！」

「なんと……」

テーブルに紙束を置きながら、それぞれが声を漏らした。

読んでいる間に因幡が入れたコーヒーのマグカップが、その脇で冷めていた。

「この人は、最後に気付いたんだね。賢いね」

社長が言って、因幡は無言で頷いた。

「気付いた？　何にですか？　――いえ、その前に聞きたいです！　なんでどうしてこうなったんですか？　私……、いつこの世界に行って、こんな仕事をしたんですか？　記憶が飛んでしまったんですか？」

分かりやすく狼狽《ろうばい》するレイに、因幡は首を横に振った。

社長が隣から、冷めたコーヒーを少し飲んでから答える。

「いいや、レイ。これからやるんだよ」

「はい？」

「順を追って説明するね。因幡が異世界や並行世界に行くとき、かつて行った時間より、一秒でも前に行くことはできない。だからその世界におけるタイムトラベル――、のようなことはできない。その先の時間なら、自分の好きなときに好きな場所に行けるけどね」

「はい。以前、その話は伺いました。覚えています」

「でもね、世界によっては、時間の流れが違うことがあるんだな」

「は？」

レイが因幡を見て、社長は頼む、と一言。因幡が、説明を引き継ぐ。

「あの世界は、こっちとは時間の流れが違う。逆向きなんだ。遡《さかのぼ》っていた。俺が今あの世界に行っても、美術館に忍び込んだ〝時〟より前にしか行くことができない」

「なんと……」

「だから、レイはあの絵描きのモデルに〝なった〟んじゃない。〝これからなる〟んだ。行く度に、その世界では時間が戻ることになる。ちなみに、美術館に『レイの肖像』が飾られてから、そしてあの絵描きが亡くなってから、もう八十年以上経っている」

「じゃあ――」

レイが机の上に目をやって、因幡が頷きながら紙束を指さした。

「そう、これがシナリオだ。レイはこれから、何度かあの世界に、ここに書いてある日時に行って、書いてあるとおりに演じる。最初が、絵のモデルになった日だ。それが、レイが、あの絵描きに初めて会ったときだ」

「ああ！　だから緊張気味だったんですね！　まったく初対面だから！　そのときの表情を描かれたんですね」

「そうだ。そして、レイがその次に行くのは、三十六年前、病気を指摘する日だ」

「そうやって、一つ一つ戻っていって……、最後が、絵描きさんが五歳のとき、ということですね。絵描きさんにとっては出会った日が、私にとって最後の日だった……。なるほど……」

「その前の、もしくは途中の、紙とクレヨンの補充は、俺がやっておく。これは俺の責任だからな」

「謎《なぞ》がいろいろと解けました。不思議だと思ったんですよ。時間もそうですが、アトリエでの私のセリフ——」

レイが、持ち上げた紙束を捲《めく》り、最後のページを開く。

「ここの答え——、『私は変わりませんわ。この顔が一番好きだから。この服装が一番好きだから。この髪型が一番好きだから』って、夏目漱石《なつめそうせき》の『三四郎《さんしろう》』の一場面にすごく似ているじゃないですか」

「なぬ？」

「え？」

社長と因幡が大きく驚いて、コーヒーカップを置いた社長が訊ねる。

「そうなの？」

「そうです。広田《ひろた》先生と三四郎が会話するシーン。広田先生の夢の中のことです。よく覚えていますよ」

「あー、うん、レイって文学少女だったんだ……。まあ、出所《でどころ》はさておき、この通りに言えばいいだけだよ」

「じゃあ、このセリフを考えたのは誰なんですか？」

この質問には、因幡が答える。

「誰でもない。レイはこのシナリオを見て答えるだけだ。そして絵描きは、聞いたことを書いて、俺達に伝えた。つまり、考えた人は存在しない」

「じゃあ、もし、もしも——」

レイが二人の顔を交互に、不思議そうに覗き込みながら訊ねる。

「私がこれをやらなかったら、どうなるんですか？」

「その選択肢《せんたくし》はない。既に起きてしまっていることだからだ。過去は変えられない。やるしかないんだ」

「あー、頭がこんがらがりそうです！」

「そんなに難しく考えなくていい。普通はお金を先に払って商品をもらうが、今回は商品を先に受け取ってしまった。お金は今から払わなければならない。そういうことだ」

「はあ……。でも、分かりました！　私はこの通りに、謎の異世界からの少女、〝レイ〟を演じてみせます！」

拳を握りしめたレイの脇で、社長がニヤけ顔で、

「確かにこれは、お金にならないわー」

「重ね重ね、お詫《わ》びします」

「でもまあ、素晴らしいアーティスト写真は手に入らない？　この肖像画を、レイのアー写に使っちゃおうよ。いい顔してるし、写真ってことにしても気付かれないし、なにせ国営美術館収蔵レベルの名画だし！」

「そう言っていただけると、助かります」

「いいですね！　私、頑張ります！　そして、この一枚を描いてもらいます！　ってもう描いてあるんでしたっけ！」

「因幡さーん！」

「なんだ」

「どうして言ってくれなかったんですか！　あの世界の〝人達〟が、〝タコ型宇宙人〟だって！　ビックリしすぎてもう私！　心臓が止まるかと思いましたよ！　〝にゅるにゅる手脚〟が八本あるなんて――、いや、ルィテピヴィ・プヴィヴィプ・ウィエッツデヴヴィップィさんは戦争で一本失ったから、七本でしたけど！」

「そういう世界もある。その世界の支配者である知的生命体は、それこそ千差万別だ。トウモロコシだったこともあっただろ？」

「でも！　最初に言っておいてくださいよ！」

「それでは、驚きと緊張が綯《な》い交《ま》ぜになった表情が出なかっただろう」

「そりゃそうですけど！　七本の手が全部一斉ににゅわわって動いて絵を描いている姿、因幡さんにもお見せしたかったですよ！」

「いやいい。次は病気を指摘にしに行くぞ」

「その前に、これだけは教えてください！　〝タコ型宇宙人〟だらけのあの世界で、『レイの肖像』って、一般の人達にどう思われているんですか？」

「ああ、いいところに気付いたな」

「そりゃ気付きますよ！」

「知らなくてもいいことだぞ?」

「知りたいですよ!」

「では教える。『レイの肖像』は、あの世界に名を残す写実絵画の巨匠が晩年に空想して描いた、恐ろしい異形《いぎょう》の生物の絵だと思われている。あの世界で最高の、リアルモンスターアートだと。みんな美術館に、底知れぬ恐怖を感じにやってくる。回顧録は、静かな狂気を感じられるSFホラーとして大変に人気がある」

「だーっ!」

おしまい

第十一話
「アイドルグループ候補者殺人事件（前編）」
—BetRAYers—

第十一話「アイドルグループ候補者殺人事件（前編）」

―BetRAYers―

都会の片隅に、その小さな小さな芸能事務所はあった。

私鉄の駅前にある、間違いなく昭和に建てられたであろう細い雑居ビル。いかがわしい店が看板を並べる中、その三階を借りていた。

狭いエレベーターホールの前には、

『有栖川芸能事務所』

そう書かれた小さなプレートがぶら下がっていて、そのドアの先に、応接室と事務室を一緒くたにしたような部屋がある。

隣には磨りガラス窓で仕切られた部屋があって、『社長室』のプレートがあった。

その応接室で――、

「次の仕事は、並行世界の日本だ。レイには、アイドルグループの候補者になってもらう」

次の仕事について語る男がいた。

黒いスーツの上下を着た、身長百五十五センチと、男にしては小柄な体。特徴的なのは髪で、短い髪は、全て真っ白だった。大きな双眸も相俟って、外国人の少年のように見えた。

「はい！　因幡さん！　了解しました！　すぐに行きましょう！」

ソファーの対面に座り、ハキハキと答えたのは、ユキノ・レイ。この芸能事務所に所属する、十五歳の女子高生。白いワンピースの、右胸の位置に大きな青いリボンが目立つ制服を着ていた。腰まである長い黒髪を、カチューシャで留めている。

「レイ、早い早い。いろいろ早い」

因幡と呼ばれた男の脇に、真っ赤なスーツスカート姿の女性が――、四十代と公表しているが、それよりグッと若く見える女社長が座っていた。

湯気の立つコーヒーが入ったマグカップを片手に、社長は隣の因幡へと視線を向けて、

「ほい、説明よろよろ」

「はい。――レイ、今回は少々、仕事が複雑だ。いつもみたいに道中ではなく、ここで打ち合わせを、しっかりとやっておく。向こうの世界に行ったら、じっくり話す機会がなさそうだからな」

「わ、分かりました！　すみません！」

レイは、ローテーブルの上にある自分のマグカップには手を付けず、真剣な表情で因幡を見《み》

据《す》える。

「まずは向かう並行世界だが――、大まかには、この世界と同じ歴史を歩んできている日本だ。違う点としては、好景気に沸《わ》いている最中だということ。そして、科学技術の発展度合いが少し遅いことだ。具体的に言うと、携帯電話がまだ一般に出回っていない。ネットやスマホもない。この世界の技術レベルで言えば、一九八〇年代後半といったところか。そのあたりだけ気をつければ、あとは普通に会話をしても、別の世界から来たことはバレないだろう――、というより、別の世界から来たことなど、誰も信じないだろう。ここまではいいか？」

「はい」

「俺とレイは、女性アイドルグループの〝デビュー前合宿〟に参加する。今までいろいろな女性アイドルを生み出してきた売れっ子プロデューサーが仕掛ける新グループで、既にオーディションで七人が候補者として選ばれている。レイは、〝オーディションもなしに後から参加することになった、特別に優れた子〟という触れ込みだ」

「え？　そんなことをして、いいんですか……？　いろいろな意味で……」

レイが問いかけて、ソファーの対面で、社長が笑顔で満足げに頷いた。

「頭が回るね、レイ。つまり、ちゃんとオーディションを受けた、他の子達に睨まれないかとかってことでしょ？」

「はい。一緒に選ばれて、既に合宿をしている人達は、仲間としての結束も固いと思います。

私のことを、決して快くは思ってくれないと思います」

因幡が、仏頂面のまま、こちらも満足げに頷いた。

「そこを分かってくれると話が早い。まさに、〝結束が固い他のメンバー達〟に嫌われに行くのが、今回の依頼だ」

「と、いうと……？」

レイが目を丸めて、話の先を待った。

「ここからは少々面白くない話になるが、仕事のことだから聞いてくれ。そのプロデューサーはクソ野郎だ」

因幡が淡々と、語気を荒げずに言った。〝月曜日の翌日は火曜日です〟とでも言うような口ぶりだった。

「は？　はあ……」

レイがキョトンとして、

「因幡、言葉悪ーい」

社長はニヤリと笑った。

「他に言いようがなかったもので。――そのプロデューサー、三十代半ばの男だが、名前を〝ジャッカル・タダシ〟という。バンドをやっていた頃からの芸名だ。ボーカルを務めていたバンドを辞めてプロデュースをやるようになってから、いく人かのアイドルや、いくつかのアイドルグループを世に送り出している。インターネットがなくテレビやラジオの力が今もとても強い世界で、彼女達は、〝国民的〟とまではいかないまでも、それなりに人気があり、CDもたくさん売れている」

「CD！　なつかしー！　って今もあるか。ごめんごめん。レコードが再人気なんてこともあるし」

社長がはしゃぎ、レイは訊ねる。

「その世界で、音楽業界で活躍されている人なんですね。すると……、どの辺が……、その……、〝クソ野郎〟なんですか？」

「レイに言うのも憚《はばか》られる話だが、仕事に密接に関係することなので言うぞ――。ジャッカル・タダシは、プロデューサーとしての職権乱用の悪行を、いくつもやらかしている。具体的には、アイドルになりたいと訪問してきた十代二十代の女の子を、〝デビューさせてあげる〟と言って性的接触を持ちかけたり、あるいは自分の愛人にしたり、ときには、約束を反故《ほご》にしてデビューさせなかったりしている。付き合いのある会社の重役にも、接待のために女の子を差し出しているそうだ」

「うげ……」

レイが心底嫌そうな顔をして、隣で社長が飄飄《ひょうひょう》と言う。

「因幡っち、さっきは〝クソ野郎〟だなんて、とても慈愛に満ちたお優しい言葉を使ったんだねえ。私が目の前にしたら、そのジャッカルちゃんを三回くらいプチ殺してるかもしれないぞっと？　毛並みが良かったら剝製《はくせい》にして事務所に飾っておこうかな。そこの壁がいいかな？」

因幡は社長の質問をスルーして、レイへの説明を淡々と続ける。

「ジャッカル・タダシの言いなりになってうら若き身を売って、そのまま逞しくアイドルをやっている子もいるが、実際には心と体に傷を負って、芸能界デビューという一生の夢を諦めた子の方が圧倒的に多い。決定的な証拠がないとか、バックに大会社があるから裁判でも勝てないからか、多額の口止め料をもらったか、それとも反社会的集団が裏にいて大切な人の命を脅《おびや》かされているか、あるいはそれらの合わせ技か――、今のところ彼の悪行が公になったことは一度もない。今いるこの世界なら、小型の機械で動画や音声を撮って、ＳＮＳやブログ、動画投稿サイトなどで世に出して、いくらでも逃げ道を断つことはできたんだろうけどな」

「と、と、と――、とんでもない人です！　今回は、その人を、ポカポカ殴《なぐ》りに行く仕事ですか？　行きますよ！」

顔を赤らめて頰《ほお》を膨《ふく》らませているレイに、

「いや、違う。今回は、まさにジャッカル・タダシ本人から依頼された仕事だ」

因幡が淡々と言った。首を傾げたレイに、言葉を続ける。

「今回ジャッカル・タダシは、新しくアイドルグループを産み出そうとしている――、というのは大嘘だ。デビューさせるつもりなど、最初からない」

「と、言うと……？」

「彼がやりたいのは、とある腹黒い番組制作会社と組んで、センセーショナルで大衆受けしそうな、要するに〝視聴率が取れそうな〟ドキュメンタリーを撮ることだ。〝オーディションで選ばれた、アイドルを目指す若い女の子達が、デビュー前の厳しい合宿に付いてこられず、結局夢が破れる〟――、というシナリオの」

「はい？」

意味が汲《く》めなかったレイに、社長が助け船を出す。

「つまり、最初っからデビューさせるつもりもなく、女の子達が苦悩して挫折《ざせつ》して絶望するエゲツない番組が作れればいいってだけの企画ってことね。まあ、実にクソだわー。そんな番組が制作されて放送される〝懐の深さ〟があるなんて、その世界のテレビ業界も、闇《やみ》深いわー」

「ひ、酷すぎます！　その子達は、騙されて受かったってことですよね！」

「そうだ。難癖《なんくせ》を付けてデビューさせないことを前提にやったオーディションだ。ジャッカル・タダシが本気でデビューさせたいような実力のある子達が、あるいは自分の好みで〝食い物〟にしたい子がいたら、別室に呼んで次のオーディションを出来レースで参加させたり、今まで通りに肉体関係を迫ったりしただろう。平気でそんな企画を通したテレビ局の連中も含めて、実に胸糞《むなくそ》が悪くなる話だ」

「…………。そして、そんな中で、私のできる仕事とは？　剝製作りのサポートですか？　それを壁に飾る手伝いですか？」

「社長の言葉は忘れろ。さっき言った通りだ。ジャッカル・タダシの依頼で、デビュー前合宿に参加する。レイの実力を以《もっ》てして、他の候補者を失望させて、やる気を失わせることが目的だ。彼はレイを出汁《だし》にして、候補者にしれっとした顔で言うわけだ。『君達は、残念ながらこの域にまで達することができなかった。残念だがデビューはない。レイ君には、ソロでデビューしてもらおうと思う』ってな。その世界の人間ではないレイには、うってつけの仕事だ」

どん。

レイが、両手でテーブルを――、強くはないが、置いてあるコーヒーに波紋ができる程度に叩《たた》いた。

「そんなお仕事、いやです！」

「おおっと、レイ。反抗期！」

まずは社長が茶化《ちゃか》し、

「そう言うと思ったよ。よし、じゃあこの仕事は、〝当人が嫌と言ったので受けません〟ってことでいいな」

因幡がサラリと言った。

「え？」

＊　＊　＊

「雪だー！」

事務所地下の駐車場スロープという長いトンネルを抜けると、そこは雪国だった。小型の四輪駆動車は、大雪の中を走っていた。

細くうねった、傾斜も急な山道で、左右は除雪の跡が、二メートル近い雪の壁になって聳《そび》えていた。その向こうでは、雪を枝葉に纏って白いオバケのようになった杉の木が、不気味に静かに立ち並んでいる。

車のナビゲーション画面に見える時間は昼の三時頃だが、空は鈍色《にびいろ》一色で、太陽の位置は分からない。その空がよく見えない程の量の雪が、風のない世界に音もなく落ちてきていた。

太いスノーチェーンを全てのタイヤに巻いた四輪駆動車は、大人の脛《すね》ほどの高さまで積もった雪の中を、モリモリと走っていた。

「大雪ですね！　こんな雪、見るのは初めてです！」

制服の上に長いダウンジャケットを着た助手席のレイが、ワイパーが拭《ふ》く間にフロントガラスにへばり付く雪を眺めながら言った。

因幡は、スーツの上に厚手のコートを着ていた。二人が厚着なので暖房を弱くした車を、慎重に走らせていく。

「ここは長野県某所《ながのけんぼうしょ》だ。この道の先、人里離れた山奥に合宿所がある。元は立派なホテルだったが、あまりに交通の便が悪いので営業をやめて、潤《うるお》っている音楽業界が買い取ってスタジオと合宿所にしている」

「なるほど……」

「そして今日からこの地方には大雪警報が出ている。この車でも、今やっと走っていられるくらいだ。これから数日間は除雪も追いつかず、この道も閉ざされ、誰も行き来ができない場所になるだろう。合宿の残り日数も、今日を入れてあと五日。偶然だったが好都合だな。余所《よそ》から人が入り込めないし、こちらから逃げ出ることもできない」

「あれですね！　ミステリーでいうところの、〝クローズド・サークル〟ってやつ！」

因幡が、視線をチラリと助手席に向けた。

「変なことは詳しいな。文学少女だったたっていうのは、本当か……」

「はい？」

「あ、いや、なんでもない」

「はあ……」

レイが首を傾げたとき、

「見えてきたぞ。あれが宿泊施設だ」

因幡が視線を前に戻した。

雪が降りしきる灰色の世界の中に、まずは白色がうっすらと浮かんできた。車が近づいて壁だと認識でき、〝そこに建物がある〟ことがようやく分かった。

雪の山の中に要塞《ようさい》のように聳える、大きな建物だった。

欧州にありそうな、白い壁と黒色の屋根を設けた、凝《こ》った造りをしていた。

幅が数十メートルはあり、こちらに向けて出っ張るように、緩やかに弧《こ》を描いている。

建物は五階建てで、出窓と小さなテラスがある尖《とが》った三角屋根を含めると二十五メートルほどの高さがあった。

屋根の傾斜が急なので雪はほとんど積もっていないが、大量の、そして大きな氷柱《つらら》が軒先に、獣《けもの》の牙《きば》のようにぶら下がっていた。

建物の三階以上、客室であろう各部屋には横長のバルコニーがあって、曲線美で凝らした欄《らん》干《かん》が並んでいる。バルコニーの、部屋と部屋の間には、しっかりとした衝立《ついたて》があった。

円弧の一番出っ張っている箇所、つまり建物中央には、二階まで吹き抜けの大きな玄関があった。その前には幅広のポーチ、つまり車寄せがあって、そこだけは雪が積もっていない。カラフルなタイル張りの床が見えていた。ガラス張りの階段が、建物の左右に対称的に配置されていた。

建物の脇は、森が広く切り開かれて平らな空間になっている。

グリーンのネットで覆われている雪原は、テニスやバスケットなどのコート。オレンジの街灯をぶら下げた駐車場らしき場所には、ワイパーを立てた車が何台か停まっていた。車は数日動かしていない、あるいは動かせていないようで、雪を被って〝かまくら〟のようなオブジェと化していた。

玄関脇に、赤い小型のエンジン付き除雪機が一台置いてあるが、降り積もるペースに人間が努力を放棄した証拠のように、自《みずか》らが雪に埋もれていた。

ゆっくりと近づく車の中から、レイが感想を漏《も》らす。

「はー……。こんな山奥に、とても立派な建物ですね。これが合宿所、ですか……」

「かつては、一泊で何万円という宿だったらしい。周囲に建物がないので、いくらでも音を出せる。ドラマの撮影などにも、よく使われているそうだ。余談だが、天然温泉が引かれていて大浴場がある。建物の脇には、広々とした源泉掛け流しの露天風呂もある」

レイの視線が運転席へと瞬時に移動して、

「ロ、テ、ン、ブ、ロッ！　す、すると！　雪見露天風呂、ですか！」

「そうだ」

「私！　雪見露天風呂って入ったことないんです！　入ってみたかったんです！　入れますか？」

「さっき言った通り、これから数日間の仕事になる。まあ、入れるだろう」

「嬉しいです！　ひゃっほう！」

「仕事は、忘れるなよ？」

「も、もちろんです！　なっ――、何しに来たんですか！」

「それを聞いて安心した」

四輪駆動車がポーチの下に入って、チェーンがタイルで鈍い音を立てた。


「みんなに、新しい候補者を紹介するよ！　〝レイ〟君だ！」

宿泊施設の一階にある食堂からは――、何も見えなかった。

大きな窓の外では、夜の闇と雪が全てを覆い隠している。湿度で曇ったガラスは、室内を鈍く映していた。

時間は十九時。天井の高い、高級レストランのような豪華な空間にいるのは、十数人。

一人は、たった今部屋の端の壇上で、よく通る声を上げた男、ジャッカル・タダシ。三十代半《なか》ばの背の高い男で、黒い短髪に、紺のスーツで隙なく決めている。音楽プロデューサーというよりは、やり手のビジネスマンといった風体《ふうてい》。名前の印象とはだいぶ違う男だった。

食堂には、映像制作スタッフが四人いた。

うろちょろしながらずっと映像を撮っている、大きなテレビカメラを担いだカメラマンが一人と、小型のホームビデオカメラを手で持つ二人、内一人は女性。その後ろで監督する男が一人。

テレビカメラもホームビデオカメラも、カセット式のテープを使う大きく重いもので、元の世界からすれば、三十年は古いモデルだった。監督する男が机の上に据えているテレビも、奥行きのあるブラウン管式だった。

壇上でジャッカル・タダシの脇に立つのが、

「みっなさーんっ！　こんばんはっ！　よろしくお願いしまーす！　私は〝レイ〟！　十五歳でーす！」

制服から、あてがわれたジャージの上下に着替えたレイだった。ジャージは灰色で、左胸には縫い付けた布に〝レイ〟の二文字が黒いマジックで書かれている。

髪は、細かな模様の入った幅広のカチューシャで留めていた。アクセサリーとして、右胸の位置には大きな造花のブローチ。

「皆さんはー、もう五日もここにいるんですってねー！　こーんな途中から、オーディションもなしに参加しちゃってすみませーん！　でもー、私だって、ジャッカル・タダシさんのプロデュースでー、歌って踊れるアイドルになりたいんでーす！　だからー、ガンバリまーっす！」

頭の後ろから飛び出ているような甲高《かんだか》い声で、それはもちろん演技で、レイはピョンピョン飛び跳ねながら言った。

大きなテレビカメラがレイを捉《とら》えていて、レイはそのレンズに向けてばちこーん、とウインクを送った。

「こちらが、レイ君のマネージャーの因幡君だ」

ジャッカル・タダシが、壇の脇に立つ因幡を紹介した。いつものスーツ姿の因幡が軽く頭を下げた。ジャッカル・タダシが付け加える。

「そう、レイ君は既に所属が決まっていて、ソロデビューの話があった。しかし、僕がレイ君の才能に惚《ほ》れ込《こ》んでね。ぜひともこのグループの一員に入れたくて、かなり無理を言って来てもらったんだよ。明日からのレッスンで知ることになるだろうけど、本当に歌と踊りが上手い子でね。君達も負けないでね？　負けちゃうと、〝レイ with ナントカ〟ってグループ名になっちゃうかもよ?·」

笑顔で冗談めかしたジャッカル・タダシを、そしてその隣のレイを、大きな長方形のテーブルの四角に座っている四人の女の子が、一瞬だがギリギリと睨んだ――、ようにレイには見えた。

「じゃあ、端から自己紹介をよろしく！　立ち上がって、〝合宿中の名前〟と年齢と、そうだな、このアイドルグループにかける意気込みを頼む」

ジャッカル・タダシが振って、最寄りの一人が立ち上がった。

「初めまして、レイさん。そして因幡さん」

女の子は全員ジャージ姿だが、全員色が違う。彼女のそれの色は青色。

黒髪ショートの百七十センチはあるだろう、背の高い女の子だった。四人の中では最年長に見える落ち着いた雰囲気があった。

「わたくしは〝ワン〟。十九歳です。よろしくお願いします。意気込みですね。もちろん、日本のトップアイドルグループになることです。わたくしは皆さんより身長があってカメラ映えすると思います。センターを任せていただきたいと思っています」

しっかりと言い切ったワンを見ていたレイは、視界の中で、ふんっ！　——とでも言いたげに鼻を鳴らす仕草をした一人を見逃さなかった。

「では次」

立ち上がったのは、紺色のジャージを着た、四人の中では一番お淑《しと》やかに見える少女だった。髪は、薄茶色でボブカット。身長はレイと同じく、百五十センチほど。

「はい……。〝スリー〟です……」

スリーが、少々弱々しい声で言った。

「声が小さいよ！　アップアップ！」

ジャッカル・タダシが手を振って、

「はい……。すみません……」

レイはそれを聞きながら、数時間前の事務所での因幡との会話を思い出す。

「候補者達だが、合宿中は数字で呼ばれている。本名を隠し、芸名すら決めずに最後は追い出すからな。〝ワン〟、〝ツー〟、〝スリー〟――、だ」

「ああもう！　酷い話です！」

「酷い話だな。そして、だから偶然にも、レイはそのままでいけることになった」

「はい？　――ああ！　〝ゼロ〟ってことですね……」

「そうだ。ちなみにだが、ツーとファイブ、シックスは既に合宿所から去っている」

「どうして、ですか？」

「それはな――」


「十七歳です……。意気込み……、ですか……。ワタシは、自分が本当にアイドルとしてやっていけるか……、まだ不安があります……。でも、一生の夢、でした……。このチャンスを……、失いたく、ありません……。グループなら……、仲間がいれば……、そんな気持ちです……」

どこまでも自信なさげに、たどたどしくスリーが言って、

「そっちはそれでいいけど、こっちの足を引っ張らないでね？」

楽しそうに、しかも明るく言ったのは、斜め向かいに座っていた一人。先ほど、ワンに鼻を鳴らした――、ように見えた一人。

「はい……」

目を伏せながらゆっくりと座ったスリーと入れ替わりに、その彼女が立ち上がった。

ジャージの色は黄色。黒髪を長く伸ばし、今はポニーテールにしている、顔立ちの整った女の子だった。レイと少し雰囲気が似ているが、

「はい、〝フォー〟です。十五歳。この中では一番の美少女です！　もちろん、レイちゃんよりもね！　勝ったと思わないでね！」

口は悪かった。

口だけではなく、目つきの悪さも隠そうとしていない。周囲を睨《ね》め付《つ》けて、

「歌も踊りも自信があって、正直、この中でちゃんとアイドルとしてデビューできるのはあたしくらいかと思いますけどね。――ジャッカルさーん、どう思います？」

ホームカメラがフォーの顔を、ビデオカメラがジャッカル・タダシを捉えている。

「フォー君、グループは化学変化が起こるものだよ？　君の実力はもちろん認めるけど、化学変化がそれを上回ることもある――、って初日にみんなの前で話した気がするなあ」

「そうでしたっけ？　でも、そのときは七人いましたよねー！　そのうちの三人は、もうこの部屋にいませんよ？　変化が小さくなってしまわないといいんですけどねえ」

ジャッカル・タダシが、カメラが寄るまで少し待ってから、

「やあれやれ」

ワン
スリー

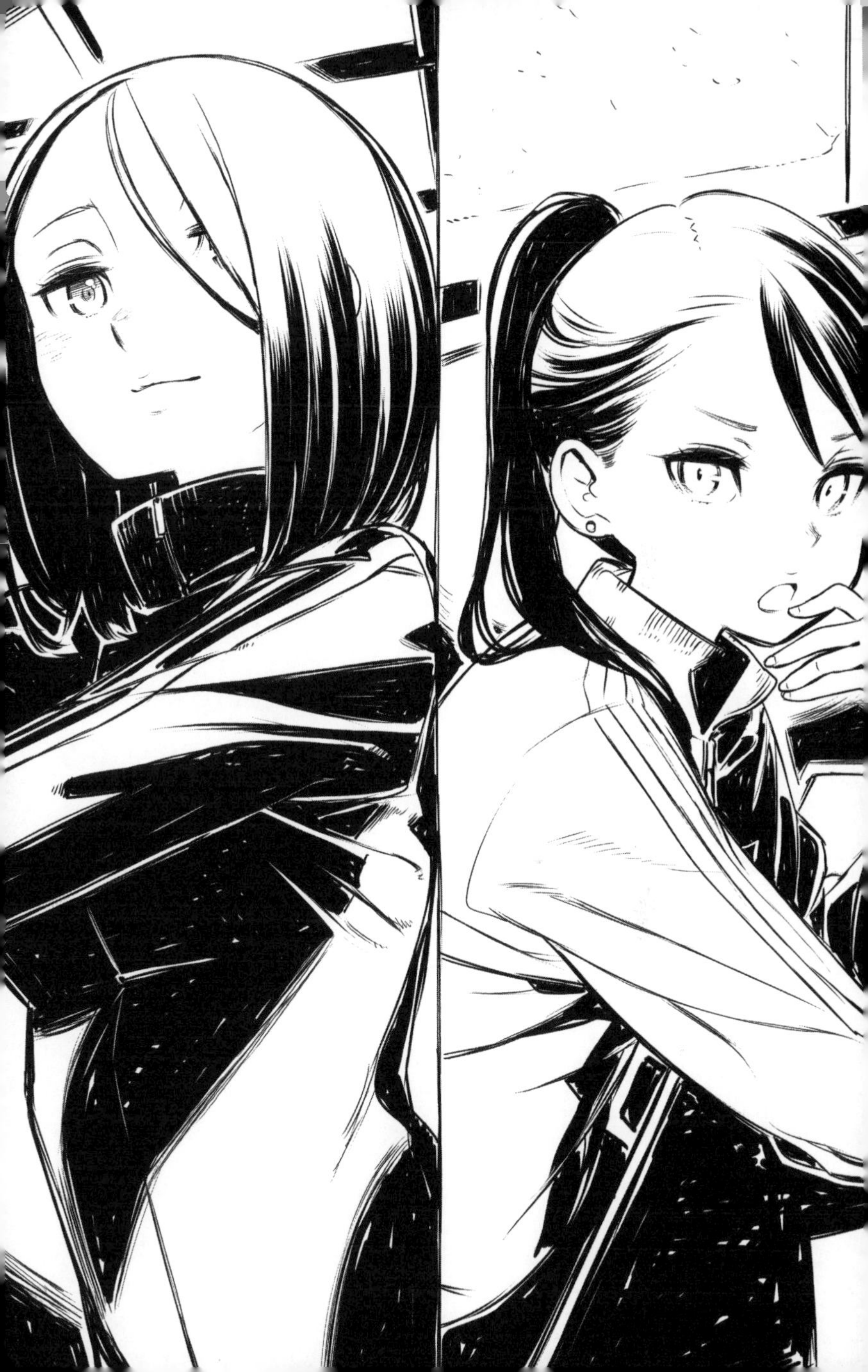

大げさに肩をすくめた。

毒舌少女の視線がレイに向いて、

「よろしくレイちゃん。あたし、あなたとだったらデュオでもいいかも。期待してるね。二人で一緒に頑張りましょうね」

レンズも向けられたレイが、

「んー、この先のことは分かりませんけどー、頑張るってことだけはー、気持ちは一緒ですっ！よろしくっ！」

甲高い声で答えた。

フッと笑ったフォーが、座りながら、部屋の隅でワゴンと共に控える給仕たちに顔を向けた。ワゴンの上には、コースディナーのサラダが載っていた。

「じゃあ、全員の紹介も終わったし夕ご飯にしない？　すっごくお腹空いちゃった」

「喧嘩売ってんのかテメエ？」

迫力のある声をぶつけてきたのは、そしてレンズが向けられたのは、フォーの脇に座っていた一人。フォーが、そちらを見ることもなく無視をした。

「〝セブン〟だ。よろしくな、レイ」

赤みがかったセミロングの髪を持つ女の子が、立ち上がって言った。背が高く、肌の色が濃く、鼻筋が高く陰影が深い顔つきをしていた。ジャージの色は赤。

「年齢は十八。ご覧の通りハーフってヤツだ。半分ジャパニーズ。本名はやたら長いぜ？　聞いて笑ったヤツを幼稚園の頃から軒並みブン殴ってきたら、こんな可愛い性格になっちまった」

「自分で言う？」

「うるせえフォー。しばくぞ？」

「暴力沙汰《ぼうりょくざた》起こしたら、退去かしら？　あなたが去るところ、見てみたいわー」

「起こして欲しいのか？」

「あたしとレイちゃんがいればグループは成り立つしー。殴るならそのテーブルなんてちょうどいいんじゃない？」

「その次はお前だ」

やり合うフォーとセブンを、カメラが執拗《しつよう》に追った。

ワンは我関せずにすまし顔で、スリーは、黙って下を見ていた。

二十二時。
さらに強くなった風の唸り声と、窓に雪が叩き付ける音が聞こえる室内で、
〈部屋に戻りました〉

レイは、液晶画面に文字を打ち込んで、因幡へと送信していた。

あてがわれた合宿所の寝室は四階で、一人一部屋。候補者達は全員そのフロアに入ることになっていて、基本的に男子禁制とされている。

元はホテルのツインルームだった部屋で、縦に長い広々とした空間に、分厚く大型の、二人以上寝られそうなベッドが二つ並んでいる。広い窓の外は、風で庇《ひさし》の下に巻き込んだ雪が積もったバルコニー。

テレビ台や洋服ダンス、クローゼットなどの調度品も、豪華なものが並んでいた。長期滞在も考えられているのか、流し台とガスコンロを備えた簡単なキッチンがあり、大きめの家庭用冷蔵庫が置いてあった。

廊下側には洗面所と、バス、トイレ別の広いバスルームがあった。

レイはベッドで、羽毛布団を頭からかぶって隠しながら、手に持った小型のタブレットの画面を見ていた。

〈あれから何かあったか?〉

レイの手の中で、この世界にはない機械の画面がぶるりと震えてぼんやりと光って、因幡からの返事を受け取った。

通信インフラはまだないので、因幡曰《いわ》く――、そしてレイには仕組みがまったく分からないが、無線でデータのやりとりをしている。

ギスギスした自己紹介の後に夕食になって、レイと因幡はご馳走《ちそう》を食べた。

食事中、フォーとセブンは時々二人で言い合いをして、レイのことはほぼ無視。ワンは物静かに、スリーはずっと目を伏せていた。

レイが、タブレット画面の下半分に出ているキーボードをポチポチと操作、時々打ち間違えながら長い文章を作って、送信する。

〈セブンさんに露天風呂に誘われましたけど、言われたとおり今日は止めておきました。明日はなんとしても入りたいです。四階のメンバーフロア、快適です静かです。鍵はしっかり全部かけました。廊下の監視カメラは見つけました。たくさんあります。あれは全て録画されて、ドキュメンタリーに使われるんですよね。部屋に隠しカメラがあるかどうかは、分かりませんでした〉

返事は数秒後に来た。

〈上出来だ。俺は三階の三〇七号室にいる。今日はもう寝て明日に備えろ。くれぐれも、部屋の電話は使うな。録音されている可能性がある。カチューシャとブローチに仕込んだカメラのデータを保存するのと、バッテリーの充電を忘れるなよ。浴室のコンセントでやれ。さすがにそこに隠しカメラはない――、と信じたい〉

布団の中でその文字を読んだレイが、

「うげっ」

小さく呟いた。


翌日。

雪と風は、一層酷くなっていた。

建物のポーチ脇には強風で吹き込んだ雪が容赦なく積もり、その脇に昨日停めてカバーをかけた因幡の車は、白く覆われて半分埋もれていた。

建物一階に、レッスンフロアがあった。元々は宴会場だった広い部屋で、平らな床に、シャンデリアが下がる高い天井、そして壁の一面は全て、後から付け足された鏡という空間だった。

そこで、レイが歌って踊っていた。

壁の時計が指し示すのは、九時半。

レイはフロア据え付けの大きなスピーカーから流れる音楽に乗って、マイクを手に、飛び跳ねながら歌っていた。この世界にも存在した、一世を風靡《ふうび》した〝ぶりっ子アイドル〟が残した名曲だった。

レイはジャージ姿で、カチューシャの後ろの髪を揺らし、澄んだ声を部屋中に響かせていく。

それを見るのは、ジャージ姿のアイドル候補者四人と、ジャッカル・タダシと因幡と、カメラクルーと、音響の操作をする人達。

レイが、鏡に笑顔を、フロアに汗を振りまきながら歌い終えて、その先の後奏はバッサリとカットされて、

「いい！　実に素晴らしい！」

ジャッカル・タダシが拍手をしながら声を上げた。

「どうだいみんな？　レイ君の実力は？」

メインのカメラが四人に向けられて、迫って、その表情を穿《うが》つように映す。

「大変に素晴らしいですわ」

ワンが淡々と言って、しかしその冷静な顔には少し悔しさが浮かんでいて、

「凄いです……。ワタシにはできそうもありません……」

スリーは昨日と同じように弱々しく、

「あたしとツートップってところね！」

フォーは怯《ひる》むことなく堂々と、

「上手《うめ》えし、可愛いな……。魅《み》せ方分かってる！　って感じだ！」

セブンは楽しそうにはしゃぎながら答えた。

「今から、みんなにちょっと厳しいことを言うから聞いてね」

ジャッカル・タダシが、四人の前に立って、カメラに背を向けた。

「君達も、見て分かっただろう。これが、ソロでデビューができる者の実力だ。僕は君達に光

る物があると思って選んだ。言わば原石だ。原石は磨かれなければ光らない。つまり、僕達の努力も必要だが、君達の人一倍の頑張りがなければならない。君達は、まだプロになる、厳しい芸能界で生き残っていくための心構えがないと、正直僕は思う。つまりは――」

ジャッカル・タダシが、蕩々《とうとう》と、ドキュメンタリー映えする説教をする時間が続いた。四人がそれをシュンとなって聞く様子を、三台のカメラがしつこく追いかけていく。

レンズから外れたレイはフロアの端にいた因幡に音もなく近づいて、

「どうでしたか？　やり過ぎちゃいましたか？」

超小声で訊ねて、

「いや、いい。もっとやれ」

因幡が同じく小声で答えた。

午前中の、踊りのレッスンが終わった。

それは候補者達四人を鍛《きた》えるための時間で、レイはしばらく何もしないでいいと言われ、ずっと部屋の脇で見ていた。

四人は四人なりに、ダンストレーナーの女性の指導を受けながら一生懸命踊るが、全てにおいてレイよりは上手ではなく――、特に昨夜一番大きな口を叩いたフォーが、一番失敗を繰り返して、そのたびにトレーナーに叱《しか》られていた。逆に、一番綺麗に踊れるのがスリーだった。

十一時半にレッスンが終わり、十二時頃に、厨房《ちゅうぼう》で作られた豪華なお弁当が配られ、それぞれがそれぞれの部屋で食べる。

その後は十六時まで自由。歌のレッスンは十六時から十九時。夕食を経て、二十一時から二十四時まではレッスンフロアで自主練習が可能な時間、とされていた。

〈質問です。なんで昼だけお弁当なんでしょう？　あと、お昼休憩が、ちょっと長すぎませんか？〉

昼食後、布団に潜《もぐ》って、タブレットで因幡に訊ねたレイは、すぐに返ってきた因幡からの答えを読む。

〈建前上は〝学業と自主練に充てる時間〟となっているが、本当は、ジャッカル・タダシが別の仕事をしているからだ。彼がいなければ、面白い映像が撮れないからな。デビューさせない候補者達だけの努力シーンなんて、オマケみたいなものだ。ついでに、映像制作スタッフの休憩も兼ねているといったところか〉

なるほど、とレイが呟いた直後だった。

ぐがしゃん、と大きな音が部屋に響いて、

「ひゃっ！」

レイがベッドの上で跳ねてから、顔を布団の外に出した。その顔を、冷たい風が撫《な》ぜていく。吹雪が続く外と、暖房が効いて暖かい室内を分ける大きなガラスが、割れていた。

バルコニーに面したスライドドアの大きなガラスは四枚あるが、そのうちの左右二枚に外から何かがぶつかって、人の頭ほどの大きさの穴を開けて、そこを中心に広くヒビが走っている。細かな破片は部屋の内側に、毛足の長い絨毯の上に散らばっていた。

強まった吹雪が部屋の中まで吹き込んで、

「寒っ！」

レイの髪を揺らした。

「恐らく、庇から落ちた氷柱が、強風に煽られてバルコニーの欄干に当たって、跳ね返って、運悪くガラスにぶつかった――、としか……。庇は長く迫《せ》り出《だ》していますし、実際今までそんなことは、ただの一度もなかったことなのですが……」

宿泊所の責任者だという、〝鹿野山《かのやま》〟というネームプレートをスーツの左胸につけた四十過ぎの中年男性が、レイと因幡に顔を向けて、弱々しく言った。

レイの部屋の温度は外とほぼ変わらず、吹雪が時折吹き込んでさらに寒いので、全員がダウンジャケットやコートなどの上着を着ている。

窓際ではガラス片に混じって、大きな氷の塊《かたまり》が砕けて散っていた。まるで証拠を隠滅《いんめつ》するかのように、それらはジワリジワリと溶けて消えつつあった。

「ユキノさんには、お部屋を移っていただかなければなりません。お怪我が無くて本当に良かった。管理責任者として、重ねてお詫びいたします。大変に申し訳ありませんでした」

深々と頭を下げる鹿野山に、

「い――」

〃いえいえ〃と、レイが断りを入れようとして、

「ああまったくだ！　もし顔にでも怪我をしていたら、どうなっていたか！　〃タダでは済まない〃どころの騒ぎじゃなかったんだぞ！」

因幡が声をかぶせて、居丈高に怒鳴りつけた。レイが脇で驚いたが、すぐに因幡の演技だと気付いて、何も言わずにいた。

「もっともなことでございます……。申し訳ありません……」

「空き部屋は、同じ四階か？」

「はい。一昨日お辞めになった候補者さんの部屋の清掃が済んでいます。ジャッカルさんより、候補者は全員同じフロアで、緊急時以外は男子禁制にという――」

「それは知っているが、万が一また同じことが起きたら困る。三階の俺の部屋の隣にしてくれ。空いていたはずだ。文句ならジャッカルさんから俺が聞く。レイ、荷物をまとめろ」

「あ、はい」

レイの部屋はワンとスリーの部屋に挟まれていて、その外側にフォーとセブンの部屋があった。レイが荷物をまとめて因幡と一緒に部屋を出ると、各の部屋の前で、内側に開いたドアの隙間から顔を出して、こちらを見ている四人がいた。

それに気付いたレイは高い声で、

「いやー、お騒がせしちゃいましたー！　ガラスが氷柱で割れちゃってー！　私ー！　部屋をー、マネさんの隣、三階に移りまーす！」

「あのう……、お怪我は、ないんですか……？」

近づいて来たスリーが弱々しく聞いて、

「全然平気でーすっ！　かすり傷一つ、ありませーん！　ご心配おかけしましたー！」

「良かった……。良かったです……」

「そうそう！　皆さんもー、風が強いときはー、窓の近くに立たない方がいいと思いますよー！　ベッドはー、内側のを使った方が安心かもー？」

レイが廊下に響くいい声を出すと、

「分かりました。わたくしたちも、気をつけますね」

　ワンが後ろから言った。

　レイと因幡が四階から去って、鹿野山が宿泊所の従業員を呼んだ。鹿野山と男達が、補修用のベニヤ板と、それを支えるための太くて頑丈な板を持ってきた。一緒に部屋に入り、窓枠《まどわく》に太い釘で頑強に打ち付ける作業を始めた。

　その音が廊下まで聞こえてくる中、

「やれやれ、これじゃ昼寝もできませんわね。お風呂でも行きましょうかしら」

　ワンはそう言うと、タオルや着替えを入れたバッグを手に、エレベーターへと向かう。部屋に戻ろうとしたスリーに、

「あなたも、たまにはどうですか？　メンバー同士、裸の付き合いも悪くないですよ？」

「ワタシは……、いいです……。人前で……、裸は……。それじゃ……」

　弱々しく断って部屋に戻ろうとしたスリーを、

「ああ、一つお願いが」

　ワンが呼び止めた。振り向いたスリーに、

「お使いのシャンプー、貸してくれませんか？　わたくしの、朝に切らしてしまって」

「それなら……。ちょっと、待ってください……」

　スリーが部屋に入り、すぐに出てきて、パステルカラーのシャンプーボトルをワンに渡した。

「ありがとう。すぐにお返しした方がいいですよね？」

「あ、はい……。お風呂から……、戻ってきたら、ノックしてください……」

「わかりました」

部屋に戻ってドアと、そして鍵を閉めたスリーを見送ってから、ワンは廊下を歩いてエレベーターに乗った。

建物一階の端にある大浴場、その手前にあるトイレに、ワンは全ての荷物を持ったまま入る。

ワンはジャージのままで便座に座って、スリーから渡されたシャンプーボトルの栓《せん》をゆっくりと捻《ひね》った。

シャンプーボトルを逆さにすると、丸めた紙と一緒にゴムで束ねたペンがスルリと落ちてきて、ワンの手の平に収まる。ゴムを外して紙を開いて、

「…………」

ワンは、そこに書いてある文字を無言で読んだ。


〈大自然の悪戯《いたずら》で、運良く隣の部屋に移れましたね。シングルで、さっきのより狭いですけど十分です〉

三階の部屋、シングルルームのベッドの中で、レイがタブレットを操作して、因幡に文字を

送った。時間は、十三時を少し回ったところだった。

返事がすぐに戻ってくる。

〈大自然は関係ない。窓ガラスを割ったのは、両脇にいたワンとスリーだ〉

だいぶ早くなった打ち込み速度で、レイが返す。

〈ええ？　どうやってですか？〉

〈自室のバルコニーから、大きな氷の塊をぶつけた以外、考えられない〉

〈でも、バルコニー、隣部屋との境には立派な衝立がありますよ？　ガラスもけっこう頑丈ですよ？　身を乗り出して、投げて割れますか？　それに、ガラスが割れるほどの大きさの氷はどこから手に入れるんでしょうか？　屋根の氷柱は取れませんよ。落ちているのを、持ってきたんでしょうか？　目立ちませんか？〉

しばらく待って、長文の答えがレイの手元に届く。

〈これは予想だが、たぶん外《はず》れてはいないだろう。俺ならこうするからだ。――まず、大きな氷だが、前の日からバルコニーの雪を集めて、ゴミ用のビニール袋にぎゅうぎゅうに入れる。それを冷凍庫に押し込んでおけば比較的簡単に作れる。投げる方法だが、その大きさと重さの氷を、衝立から身を出して投げるのは、彼女達の腕ではもちろん無理だろう。だから、細長いスポーツタオルを使う。片側を手首に縛りつける。タオル中央で氷を包んで、反対側を両手で持って、バルコニーの端で力一杯振る。衝立を回り込むような感じでだ。タイミング良く手を離せば、遠心力がついた氷はタオルから離れて、レイの部屋のガラスへと向かう。この吹雪だ。バルコニーで派手にやっても見られることはない。時間を合わせて二人一緒にやったのは、どっちかが失敗してもいいようにだろう〉

レイは感心しながら、ポチポチと返事。

〈なるほどなるほどです！　だとすると、二人は私に酷い嫌がらせをして、追い出そうとしているんでしょうか？〉

〈そうだろうな。二人にとって、いや残りの四人にとって、レイは邪魔でしょうがない存在だ。これまでに辞めた三人も、四人に何かしらの嫌がらせを受けて嫌になったから、という可能性が高い。あの四人に、その動機は、売るほどあるからな〉

〈そう考えるのが、自然ですね。これから、油断しないで、気をつけます〉

〈いや、別に気をつけなくてもいい。レイが油断して、誰かが直接的な攻撃をしてきたら、むしろ、馬脚《ばきゃく》を現してくれて好都合だ。突っかかってくる相手には、容赦なく喧嘩を売っていい。もしレイがちょっとでも怪我をしたら、俺が一度元の世界に戻すことですぐに治す。シャツの下に隠した心拍センサーのモニターはいつもしているから、異常があればすぐに分かる〉

〈分かりました！　頼もしいです！　でも、お風呂のときはどうしましょう？〉

〈さっき〝いつも〟と書いたが、訂正する。残念だが、そこまではモニターできない。二時間推理ドラマの、二十二時過ぎに放送される裸の犠牲者みたいにならないようにな〉

〈意味が分かりません。でも、私は〝死んでも〟入りたいんです！　人生初の雪見露天風呂！〉

〈まあ、この世界では死なないし、そこまでは制限しないが、ジャッカル・タダシのことだ。露天風呂のあちこちに、この世界で一番高性能の盗撮《とうさつ》カメラを用意していても、おかしくないぞ？〉

〈因幡さん！　水着ってありましたっけ？〉

〈ああ、分かったよ。今すぐ元の世界で手に入れて、バルコニーに放り投げてやる。デザインは期待するなよ？〉

〈学校で使うのでいいですから、お願いします！〉


一分後、バルコニーに放り出されたのは、何の変哲もないスクール水着だった。

因幡が元の世界に一瞬で戻り、自分で、あるいは社長が買ってきて、この世界に持ってきてくれたもので、スポーツ店の袋に入ったたままだった。

〈ありがとうございます！〉

レイは短いメッセージを因幡に送信。そして洗面所で素早く着替えると、その上にジャージを着るというあまり例を見ないスタイルで、バスタオルとハンドタオル、髪留めや水のペットボトル、濡れた水着をしまうビニール袋を入れた袋を持って、

「おっと！」

忘れそうになった下着と肌着を引っ摑《ひつか》んで、部屋を出た。

大浴場とトイレがある建物の端から、屋根と壁のある通路を二十メートルほど歩いた先に、露天風呂がある。

建物とはうってかわって、和風の趣の脱衣所が中央で男女に仕切られ、その先に岩を組み合わせて造られた、まるで日本庭園のような露天風呂が、積もった雪と濃い湯気と共に広がる。

脱衣所の仕切りがそのまま露天風呂に伸びて、竹を組んだ高い塀《へい》になっていた。

露天風呂には、少なくとも女湯には、誰もいなかった。レイはジャージを勢いよく脱ぎ捨て、カチューシャは外し、ゴムとバレッタで髪を上げて、スクール水着姿で、

「ああ！　夢の雪見露天風呂！」

体を流すのもそこそこに、雪が降りしきる湯船へと飛び込んだ。

源泉からふんだんに注がれているお湯は熱かったが、浸《つ》かっていない箇所は容赦なく冷たい空気にさらされ、さらには吹雪で殴られる。プラスマイナスで結果的に、ぬるま湯に浸かっているのとさほど変わらない心地よさで、

「あぁー、これーはー、ごくらくだー……」

レイは三十分以上、出たり入ったり、雪を頭に当ててほてりを冷ましたり、広い風呂のいろ

いろな場所でいろいろな体勢を取ったりして、貸し切りの雪見露天風呂を満喫《まんきつ》した。

十分に堪能《たんのう》した後、レイは脱衣所の端で、タオルで身を隠しながら水着を器用に脱いで、ジャージ姿に。雪と汗で濡れた髪を乾かしてから、結局誰も来なかった露天風呂を後にする。

時間は十四時三十分。

レイは建物に戻って、窓の外で吹雪が荒れている、そして誰もいない一階のロビーで、ウォーターサーバーの水を飲んでいた。

分厚い絨毯に立派なソファー、隅には豪華な暖炉《だんろ》が据え付けてあるが、火はついていない。薪《まき》だけが大量に積んであった。

そこへ、

「やあ、レイ君。お風呂上がりかな?」

ジャッカル・タダシが近づいて来て、

「お疲れ様です。ジャッカルさん。露天風呂に、行ってきました」

レイが深々と頭を下げた。

「羨《うらや》ましい。こっちは仕事が溜まっていてね。サッパリしたかい?」

「ええ、とっても。ここの露天風呂は最高ですね！　本当に来てよかったです！」

「あはは、一番の理由はそれかい。君は正直なコだね」

ジャッカル・タダシは左右を確認、声が聞こえる範囲に近くに誰も、特にカメラクルーがい

ないことを確かめてから、

「ちょっとここだけの話だけど、いいかな?」

レイに顔を寄せて、小声で言った。

「はい、なんでしょう?」

「窓、大変だったね。ケガがなくて、本当に良かったよ」

「ありがとうございます。ご心配おかけしました」

「でも、三階の狭い部屋なんて、売れっ子アイドルとしての未来が確約されている君には、まったく相応《ふさわ》しくないよ。今夜から、五階にある僕の部屋で過ごすといい。豪華なスイートルームだ。部屋もベッドも余裕がたくさんある。そのフロアには、僕しかいないしね」

レイは、にっこりと微笑んで返す。

「ああ、おっしゃりたいこと、大変によく分かりました。——ジャッカルさんは、私と不純異性交遊がしたいんですね」

ジャッカル・タダシが、話が早いことの喜びを、まったく顔に隠さずに言う。

「そんなことはないよ。ただ、二人の気持ちが盛り上がったら、そうなっちゃうかもね。それは恥ずかしくないことだ。そしたら、君の将来の人生設計、じっくり聞いてみたいな。どんな歌手になりたい? 僕にはその手伝いができるよ」

レイはにっこりと微笑んで、

「ふざけないでくださいね、ボケ」

一瞬目を丸くしたジャッカル・タダシが、努《つと》めて平静さを保ちながら訊ねる。

「今、なんて言ったかな？」

「頭も悪いようですが、耳も悪いんですね。度《ど》し難《がた》いボケですね。まあ、知っていましたけど。いいですか、〃ふざけるなよ〃と、つまり〃あんまり調子に乗るなよ〃と言ったのです。私はあなたの依頼でここに来たんですが、〃他のメンツの心を折って潰《つぶ》す〃っていう契約以外の仕事をするつもりは皆目《かいもく》ありません」

「君……、将来この業界で活躍とか、したくな――」

「黙りなさいね、クズ。この話はもう終わりました。それが分からないほどの生物なら、生きる価値はありません。剝製にして壁に飾るしかなくなりますよ？」

「…………」

「こっちは、そっちの仕事の邪魔はしません。そういう契約ですからね。そっちも、こっちに余計な仕事をさせないでください。お互いプロでいましょうね？　分かりましたか？」

徹頭徹尾笑顔で言うと、レイは答えを聞かずに紙コップを捨てて、

「夕方からの歌のレッスン、とーっても、楽しみにしてまーっす！　バリバリ歌ってー、みんなをガッツリ絶望させちゃいますねーっ！　それじゃ、お先に失礼しまーっす！」

脳天から出した声と共に、ジャッカル・タダシに背を向けて、足取りも軽くロビーから去った。

レイの背中を見送ったジャッカル・タダシの右拳が、ワナワナと震えていた。


〈露天風呂、行ってきます！〉

〈またか。好きにしろ。定時連絡を忘れるなよ〉

〈では二十三時に！〉

タブレットによるやりとりのあと、レイはまだ少し生乾きの水着を着て、ジャージを上に重ねて、早足で建物を出ていく。

時間は二十一時半。露天風呂はあちこちにオレンジ色の明かりがつけられていて、降り止まない雪と濃密な湯気の中、幻想的な雰囲気を生みだしていた。

そして、誰もいなかった。

レイが、湯船の中に半身を沈ませながら、

「今頃、皆さん、がんばってるかな……」

ぼんやりと呟いた。

夕方の歌のレッスン——、他の四人のメンバーは、本気で歌ったレイに明確な差をつけられて、ずっとボイストレーナーやジャッカル・タダシに叱られ、あるいは怒られっぱなしだった。

踊りは得意だが声に覇気《はき》がないスリーなど、早い段階からさめざめと泣き出してしまい、その後は何をやっても上手くいかず、同時に執拗にカメラで追われた。

レッスンの後、お通夜のような雰囲気の、しかし料理は全て美味だった夕食の席で、

「君達、今夜は特訓をしよう！　レイ君にはあって、君達に欠けているものは何か、それを摑まなければデビューさせることはできない！　そんな悲しい運命、僕は耐えられない！　本来は自主練習の時間だから、強制はできない！　でも、僕はレッスンフロアで待ってるよ！」

ジャッカル・タダシが熱い口調でそう言ったので、それは実質命令なようなものだった。

よって、四人は今頃レッスンフロアで特別厳しくしごかれて、汗を流しているはずだった。

ただし、どんなに頑張っても、デビューはできないしごきだった。

そんな四人のことを、ひとまず頭から追いやって、

「ユキノ、露天風呂ー。かしきりー。うれしいなー。ららら」

脳天気に歌って両手足を伸ばしたレイの頭に、濃い湯気の中から、レイの頭より大きな石が投げ落とされた。

石はレイの後頭部に直撃して鈍い音を立てて、レイは声も出せずに死んだ。

スクール水着を着た女の子の死体は、赤く染まっていくお湯と湯気に包まれて、うつ伏せで静かに浮かんでいた。


第十二話（後編）に続く！

第十二話
「アイドルグループ候補者殺人事件（後編）」
—BetRAYers—

第十二話「アイドルグループ候補者殺人事件（後編）」
―BetRAYers―

「お？」

レイが目を覚ますと、

「起きたか」

因幡の声が聞こえた。

レイが視線をぐるりと回して、自分が宿泊所のベッドの上で、いつもの制服姿で仰向けに寝ていることに気付いた。因幡が、ベッド脇でイスに座っていた。

レイが、ゆっくり起き上がって、

「因幡さん……、私、露天風呂に入っていたはずなんですが……」

「いろいろあってな」

レイが、部屋中を見回す。内装は自分にあてがわれた三階のシングルルームと同じだったが、置いてある荷物が違った。壁の時計の時間は、真夜中を指していた。

レイがベッドの脇に足を下ろして、いつもの革靴を履《は》いたままだったのでそれを脱いだ。

イスから立ち上がった因幡が、水のペットボトルを、栓を開けてから差し出した。

「ほら」

「ありがとうございます」

レイは半分ほど一気に飲んで、息を吐いて、キャップをしっかり閉めてから、イスを持ってきてベッド脇に座った因幡へと訊ねる。

「ここ、因幡さんの部屋ですよね？」

「そうだ」

「喋《しゃべ》って……、大丈夫ですか？」

「部屋は全て調べた。盗撮カメラや盗聴器はなかった。普通の声なら平気だろう」

「じゃあ聞きます。何があったんですか？　――あ！　私、露天風呂でのぼせたとか？」

「いや、殺された」

「え？」

「二十三時を過ぎてもタブレットに返事がなかった。いよいよのぼせたのかと思って、露天風呂の女湯を覗かせてもらった」

「因幡さん……？」

「この場合の〝覗く〟は、〝調べる〟って意味だぞ？　緊急事態だ。ちゃんと声をかけながら入った。それに、男湯にも女湯にも、誰もいなかったから安心しろ。ただ、水着を着たお前の死体だけが、雪の中で湯気に包まれて、うつ伏せで浮いていた」

「ええ！　――私、本当に殺されたんですね……。まさに、ミステリードラマの死体役になっちゃいましたね！」

「殺されてそんな感想を持つ人に、俺は初めて会った。それから俺は、状況を理解するために周囲を念入りに調べた。そして、死体のお前と一緒に一瞬だけ元の世界に帰って、この時間に戻ってきたところだ」

「なるほど……。じゃあ、その現場は、いったいどんな様子でしたか？　何か証拠は？」

「自分の殺害現場の様子を笑顔で訊ねる人にも、俺は初めて会った。言っていいのか？」

「ぜひぜひ！　詳しく！」

「お風呂だったから、頭部から相当な量の血が流れたんだろう。さすがは源泉掛け流しとでも言うか、入れ代わっていて、お湯自体は綺麗だった。ただし、湯面ギリギリの岩の表面とか隙間のあちこちに、蛋白質《たんぱくしつ》が凝固《ぎょうこ》した血の塊が、ゼリーみたいになってこびりついていたよ。あのお風呂は、しばらく使えないな。あと、露天風呂に盗撮カメラは、今回に関しては残念なことに、一つもなかった」

「ふむふむ！　ありがとうございます！」

「レイをダイレクトに殺しに来るとはな。予想外だった。すまなかったな」

「いえいえ！　実際には死にませんし、痛いかどうかも分からなかったので、いいですよ。これは私にしかできない仕事です！　――で、誰ですか？　いったい誰が、私を殺した犯人でしょうか？　私は、ノンビリお風呂に入っていて、何も見たり聞いたりはしていないんですが」

「まだ分からない。昨日のロビーでのやりとりでジャッカル・タダシがキレたのか、候補者達四人が派手にやらかしてくれたか、それともまったく別の人物の、まったく別の動機か……。後ろから大きな石を投げ落としたんだと思うが、物理的には誰にでもできたことだ。証拠は何もない。足跡も、雪で全部消えていた」

「ジャッカル・タダシさんや、四人の現場不在証明は？　皆さん、その時間はレッスンフロアにいたんですか？」

「〝アリバイ〟を日本語で正しく言う人にも、初めて会った気がするよ。俺はずっとこの部屋にいて、レッスンフロアの様子は分からないんだが、あそこから露天風呂まで、走れば往復三分ってところか？　犯行を為《な》し得《え》て帰ってきても、五分もあればいいだろう。トイレに行く名目で外せる時間だ。レイが殺された正確な時間も分からないし、〝あなたが殺しましたか？〟って一人一人に訊ねるわけにはいかないしな」

「なるほど……」

「それに、鹿野山を初めとする宿泊所スタッフの可能性も残る。言い切れるのは、犯人はまだこの建物にいるってことくらいか」

「ですよね！　クローズド・サークルですもんね！」

「お前、クローズド・サークルが好きなだけか？　――今回、犯人はなかなか考えて、後ろから石をぶつけるという行動にでたな」

「と言うと？」

「刺したり首を絞めたりとは違う。レイの死体が発見されたときに、〝ウッカリ滑って、露天風呂にある石で後頭部を打った。そして溺《おぼ》れた。これは事故である〟という体《てい》にできるだろ？」

「ああ、なるほど……！　確かに！　警察だって、この雪じゃすぐに来られないから、証拠隠滅もできますね！　犯人賢い！」

「自分を殺した犯人を褒《ほ》める人にも、初めて会った。――この先も、知恵を絞ってくる可能性は高い」

「分かりました。でも、私はたとえ何回殺されたとしても！　多少痛い思いをしたとしても！　この仕事は完遂《かんすい》してみせます！　それだけの価値がある仕事です！」

「ああ、期待しているよ」

「でも、明日からどうします？」

「そうだな……」

因幡は数秒ほど考えた。

「〝相手〟が次にどう出るか分からない以上、あまり藪《やぶ》をつつくワケにもいかない。レイは、しれっとした顔で明日の朝食会場に行って、何を言われても聞かれても、何もなかったかのように普通に過ごせ。反応は、俺が見る。いろいろ根掘り葉掘り聞かれたら、〝昨夜は露天風呂でのぼせた〟とでも言っておけば、もし犯人がいたとしても、〝殺したと思ったが失敗したのか〟と勝手に思ってくれるだろう」

「ですね！　了解です！」

「合宿は残り三日だが、最終日は朝に解散の予定だ。丸一日使えるのは二日間だけだ」

「仕掛けてくるとしたら――、最後の夜でしょうか？」

「かもな」

「だとしたら……」

「だとしたら？」

「私……、明日の夜も露天風呂に入れますよね？」


翌朝。

合宿では、七時から八時半までが朝食時間になっていて、その間ならいつ食堂に行っても食べられる。席に座ると、用意されていた朝食が運ばれてくる。和食と洋食は日替わりで、今日は和食だった。

八時を過ぎた頃、今日もジャージ姿のレイが、

「おっはようございまーす！」

脳天気な黄色い声と共に入室して、すぐ後ろから因幡が続いた。

候補者達四人が、長いテーブルに揃《そろ》って座っていた。レイへと、朝の割には疲れが見える顔を向けた。

「はい、おはよう、レイさん」

ワンは一度箸《はし》を止めて優雅に、

「おはよう、ございます……」

スリーは納豆のカップを手にいつも通り弱々しく、

「おはよ！　寝坊したかと思ったわ！」

フォーはオレンジジュースのグラス片手に一番元気よく、

「もふふっふ」

セブンが鮭《さけ》の切り身を嚙みながら、短く答えた。レイや彼女達を、カメラクルーが追いかけて、記録していく。

ジャッカル・タダシは——、いなかった。四人の他にいたのは、食堂で働く数人と、常に四人を追いかけ回すカメラマン達だけ。

レイが、ほとんど食べ終えている四人の脇に座った。〝日野春《ひのはる》〟の名札をつけた給仕の中年女性が、お盆に載った朝食を持ってきてくれて、レイの前に置いた。温かいお茶も注いでくれた。

女性に礼を言った後、レイが四人に訊ねる。

「あれえー？　ジャッカルさんは？」

「あたし達が来たときには、もういなかったよー」

フォーが、何気なく答えた。

「レイちゃん、昨日わたくし達が絞られている間、のんびり露天風呂だったわよね？　昨夜、ウキウキで向かうところを見たわ。今朝も露天風呂に行ったのかしら？」

ワンが訊ねて、レイは平静を装いつつ答える。

「え？　いいえー！　今朝は寝坊しちゃいましてー！　行きたかったですけどー！」

「寝坊して正解。今朝から閉まっていたからね」

フォーが言う。レイが演技ではなく驚いて訊ね返す。

「そうなんですかー？」

「鹿野山さんから、入れないって言われた。夜中に動物が溺れて死んだみたいで、お湯が汚れちゃったから、お湯を全部入れ替えて清掃しているんだって。夜くらいまでかかるってさ」

「そうだったんですかー！　びっくり！」

レイは答えつつ、少し離れたテーブルに座った因幡をチラリと見た。因幡が、軽く肩をすくめた。

「なんでわざわざ言われたんだ？」

セブンが聞いて、

「行ったからに決まってるでしょ？　バカなの？」

「んだと？」

睨み合うフォーとセブンを見ながら、レイは脳天気な声のまま、しかし本当にそう思ったことを言う。

「お二人、仲いいですよねー」

「どこが？」

二人の声がピッタリと揃って、

「そういうところが！　一緒に歌って踊ったら、素敵になると思うんですー！　あ、これ、皮肉でもなんでもないですよー」

「まあ、歌も踊りも俺達よりずっと上手いレイちゃんが言うと、信じてもいいかなって思えるな」

セブンが目を細めて、

「あたしは、レイちゃんと同じくらいだけどね。まあ、信じるってところは同意」

「わたくしも、そう思いますよ」

フォーとワンが、立て続けに優しげな顔を向けてきた。

レイは、スクランブルエッグに差し込んでいたフォークの手を止めた。

「レイちゃんは……、なんか……、輝いていますね……」

しんみりと、スリーが言う。しっかりとレイの目を見据えて。

「レイちゃんは……、絶対に活躍できる人になると、思います……」

「あ？　え？　いやあ……、改めて言われると、照れちゃいます……！　ありがとうございます！」

本当に照れているレイが、隠すように口に玉子を運んだ。

「ワタシ達、先に行きますね。実は今朝も、レイちゃんは来なくていいって、ジャッカルさんに言われているんです」

ハッキリと言い切ったスリーに、

「え？　そうなんですか？」

レイは、その内容と、口調に驚いて訊ねる。

「はい。ワタシ達の練習を見ているだけではお暇でしょうし。午後からも、無理に参加しなくても大丈夫です。その間、ワタシ達はレイちゃんに追いつけるように、一生懸命練習しますから！」

いつもの弱々しい口調とはうってかわって言い切ったスリーを、目を丸くして見ていたレイが、

「がんばってください！」

それだけを笑顔で返した。

「〝普通に朝飯を食べていた〟だあ？　ざけんな！　失敗したって言うのかっ！　ふざけんなよオイ！　お前、昨日の夜は、完全に殺したって言っていたじゃねえか！」

レイの笑顔に見送られて食堂を四人が出て行ったのと同時刻、ジャッカル・タダシが、自分の部屋で吠えていた。

ベッドにふんぞり返っている彼の前で、絨毯に正座させられているのは、

「確かに、たくさん血が出ていて……」

そして弱々しく弁明するのは、鹿野山だった。

「うつ伏せで浮かんでいて……、どう見ても生きているようには見えなくて……」

額の血管を浮かべながら、ジャッカル・タダシは、

「で、今朝見に行ってみたら、残っていたのは血のカスだけ？　バカ！　テメエそれ騙されたんだよ！　死んだふりして、息を止めていて――、血はあれだ、用意してあったトリックだ

よ！」

「そんなことは……」

「まったく、ガキ一人ちゃんと殺せねえのかボケ！　これだから素人《しろうと》は使えねえ！　約束の金もオンナも、当然ナシな」

「もういりません……、お金も、若い女性もどうでもいいです。私が、どうかしていたんです……。もう二度と、こんなことはしたくありません。レイさんが死ななかったのなら何よりです！　私はもう二度とあなたの――」

「言うことは聞かないってか？　ああ、別にそれでもいいけど？　でもオメエ、ここの管理人もクビな！　俺がちょっと電話すれば、暇なくせに高い給料もらえる美味しい仕事はパーな！　その後の再就職も、俺のバックにいる組織の力で、全力全開で阻止《そし》してやるからな。お前のライフは終わりだ。体弱くて入院中だっていうワイフ共々、路頭に迷って首でも括《くく》ればいいぜ？」

「それは！　おやめください――！　どうか……」

「ああ、俺だってやりたくねえよ！　鬼じゃねえからな！　じゃあ、今度はちゃんと殺してこい！　見合った金はやる！　あんのクソガキ殺してこい！　ついでに因幡って気持ち悪い白髪頭も殺して埋めてこい！　いろいろ手を尽くして調べたが、誰もヤツのことを知らないんだよなあ。まあいい。殺せば同じことだ。車ごと谷に落として燃やしてもいいぞ！　事故だ事故！

全部事故だ！　ブレーキホースにちっこい穴でも開けとけ！　峠道《とうげみち》ですってんころりんするだろう！」

「その……、因幡さんのお車、なんですが……」

「あ、どした？」

「カバーの下からチラリと見た限りなんですが……、私、知っての通り以前は中古カーディーラーで働いていましたが、あんな車、私は今まで一度も見たことがありません……。それなのに、大手国産メーカーのロゴが入っていましたが……」

「ああ？　そんなの……、改造車だろ？」

「とてもそうは見えない出来でして……。あの人、本当に得体《えたい》が知れません……」

「男が細けえこと気にするな！　いいから絶対に二人を殺せよ！　分かったな！　分かったらとっとと出てけ！　俺は今から、下手《へた》くそな四人をしごく仕事だ！　クビだって言ったときの顔が楽しみでしょうがねえぜ！」


〈暇ですね〉

レイが因幡にメッセージを送った。

レイは自分の部屋のベッドの上で、布団で手元を隠しながらタブレットを弄《いじ》っていて、部屋の時計はもうすぐ昼を告げていた。そろそろお弁当が配られる時間だった。

因幡も暇なのか、どうやって文字を打っているのか分からない程の素早さで返事が来る。

〈向こうが動かないと、こっちは動けない〉

レイが、今も窓の外で荒れ狂っている吹雪を見ながら、ここ二日でかなり早くなったタイピングで答える。

〈ですよねー。でも、用もないのにウロウロするのも怪しまれますし〉

〈本でも読んでいたらどうだ？ 新しくダウンロードはできないが、そのタブレットの中に、無料で読める文庫本アプリが入っている〉

〈過去の名作、ですよね？ 全部読んだことがあるので〉

〈さすがだな〉

〈因幡さん、一つ因幡さんについて質問してもいいでしょうか？ もちろん、お嫌でしたらお答えいただかなくても構いません〉

〈聞くだけは聞く。読むだけは読む、かな〉

〈では失礼して——、因幡さんは、普通の人間にはない力を持っています。その理由は、ご本人も知らないような感じでした。ご自身で、自分のことをどう思われていますか？〉

〈鋭い質問だな。まあ、もっと早く聞かれるかと思っていたが。——正直に答えると、俺は自分が〝人間〟だとは思っていない。何か別の生命体なんだろう。普通の人間にはできないことが、理由も分からずにできる。自分がどこから来たのかも分からない。人間に、生まれたときの記憶がないようにな。別の世界に行くことも、困っている人にセンサーのようなものが働くことも、理由が分からないができる〉

〈驚きですが、そう思わざるを得ないです。ありがとうございます〉

〈もういいのか?〉

〈はい。十分です。ありがとうございます。あとは、ノンビリします。ああ、露天風呂行きたいです!〉

〈その飽くなき雪見露天風呂への情熱はどこから来るのか? 雪を見たことがない地方で育ったのか?〉

〈え? 生まれも育ちも、バリバリ豪雪地帯でした〉

〈どこだっけ?〉

レイが因幡の質問を読んで、

「あれ……、どこだっけ……?」

指が止まったとき、部屋のチャイムが鳴らされた。

「お昼をお届けにきました」

給仕の日野春が、ワゴンに載せて持ってきてくれたのは、

「豪華！」

二段重の弁当だった。

レイがサッと蓋を開けると、メインのおかずはすき焼きで、霜降りのお肉が、たっぷりの春菊や焼き豆腐、焼き葱《やねぎ》などと一緒に詰まっている。生卵が一つ添えられていた。下の段が、ご飯だった。

共に出来たて詰めたてで、賑やかに湯気が立った。

「美味しそう。ありがとうございます」

廊下でいつも通りの口調で感激するレイを、隣の部屋のドアから、因幡が見ていた。演技を忘れているぞ？　と言いたげな顔で見ていた。

日野春はにっこりと笑って、

「たっぷり食べてね！　レイちゃんはレッスンなくてお暇でしょうから、グッスリ昼寝でもしちゃうのがいいわ。お重は、そのまま廊下に出しておいてね」

「ありがとうございます。そうしちゃいます！」

日野春が因幡にも同じ物を渡して、レイは、

「じゃあ、食べますねー！」

自分の部屋に戻って、

「美味しそー！」

まだ温かかったすき焼きを、

「美味しいっ！　春菊の苦み！　そして牛肉の甘さ！　とろける！　なにこれ、こんな牛肉食べたことない！」

容赦なく食べて、そのままの勢いで完全に食べ終えて、

「ああ……、幸せー」

軽くなった重箱を、そのままでいいと言われていたが流しで綺麗にしてから、ポイと廊下に出して、

「満腹……。眠い……」

フラフラと歩いてベッドに倒れ込んで、部屋の電気も消さずに、寝た。

レイがぼんやりと覚醒《かくせい》したのは、

「ぬあ……？」

ガツンガツンと、何かを激しく叩く音が遠くから聞こえてきて、それがジワジワと大きくなっていったからで、

「だれー、ですかー？」

ベッドの上から目を開かないまま応《こた》えたが、反応はなく、激しい音が、明らかにドアノック

ではない音が続いて、

「うえ？」

その異様さに目を開いて体を起こして、ベッドからゆっくりと起き上がって、

「うわ？」

そのまま転びそうになった。

目眩《めまい》がして頭の位置が落ち着かず、レイは、一度ベッド脇にしゃがみ込んだ。激しい音は突然止まったが、それと同時に、少し離れた場所で同じ音が発生していることに気付いた。それもすぐに止んだ。

「なんだろー？　あー、すっごく眠い……」

レイが何度も何度も頭を振ったとき、今度は部屋の電話がけたたましい音を立てて、

「いっ！　――なにー？」

レイはベッド脇で這《は》うようにして動き、初めて鳴った枕元の受話器を持ち上げる。

「はいー、有栖川芸能事務所で――」

『レイ！　やられた！』

「因幡さーん……？」

『やっぱりお前もか！　酷く眠いだろ？』

「はいー」

『一服盛られた！』

「はいー？」

『時計を見ろ！』

「とけー？」

レイが枕元の小さな目覚まし時計を、何度か焦点を合わせる努力をしてから見て、

「じゅうくじ、ごふん」

そこの数字を読んだ。昼食を食べてから五時間が経過していて、カーテンの外はすっかりと暗くなっていた。

「うえ？　寝過ぎました？」

『ああ、俺も今、起きた。眠くなって気を失うように寝てしまった……。睡眠薬――、か何かを、昼食に入れられたんだ。味もしない、かなり強力なヤツだ』

「うえ？」

レイの頭が、段々と覚めていく。

『部屋のドアが開かない。外から、板を打ち付けられた』

「え？　見てきていいですか？」

『ああ』

レイが、少しフラつきながらも立ち上がり、歩いてドアに向かい、そのノブを捻って、引い

て――、

「ホントだ……」

ドアは、微動だにしなかった。完全に壁と一体化したかのように動かない。レイは試しに押してみたが、当然動かない。

電話に戻ったレイが因幡に、

「私の部屋もです！　なんですか？　接着剤？」

『板を張られたんだろう。窓の補修に使ったのと同じヤツだ。釘を打たれた。さっきのはその音だ』

「ああ、なるほどー。なるほどー」

『目が覚めたか？』

「まだ、少し眠いです……。寝てもいいですか……？」

『ダメだ！　連中、俺達を閉じ込めて、始める気だぞ！』

「うっ――、まさか？」

『そのまさかだ。最終日までノンビリ待つつもりは、ないようだ』

「それ、ヤバイですよ！」

『そういうことだ。外に出ろ！』

「え？」

『バルコニーだ！　急げ！』

レイは受話器を放り出して、窓際に移動してカーテンを開いた。

外は真っ暗で、ガラスには部屋が映る。外は相変わらずの、殴るように降ってくる大雪。

鍵を外して大きなガラス扉を横に開くと、ジャージ姿のレイを大雪が包んで、

「ぶぱっ！」

レイは、二十センチは積もっているバルコニーに、室内のサンダルのまま出た。足が沈んだ。

隣の部屋との衝立から、因幡が顔を出した。

「よし、頭から飛び降りて死ぬぞ」

「はい？」

「二人とも死んで元の世界に戻って、すぐに玄関前に帰ってくるのが一番早くて楽だ。ついでに眠気も吹っ飛ぶぞ」

「ああ！　そういうことなら、了解です！　――って怖いなあ」

バルコニーの外は、夜の大雪の中でも建物からの明かりで地面が見えた。三階からの、そして身長分が足された約八メートルは、大変に恐怖感を感じやすい高さで、

「お前――、何しにこの世界に来たんだ？」

「行きます！」

レイはバルコニーの欄干によじ登ると、

「これも仕事ですからね！　――えいやっ！」

　そのまま投身した。


「よし起きろ」

「ふわっ！」

　因幡に頬を軽く叩かれて、気付いたときには、レイは玄関のポーチの下、ドアの前に立っていた。ジャージは白い制服姿に、足元は革靴に戻っていた。

「あれから時間は？」

「十秒ってところだ」

　因幡が答えた瞬間、それまで付いていたロビーや各部屋の明かりが音もなく消えた。

「あっ！」

「やっぱりな」

　完全なる暗闇の中で、レイと因幡が同時に言って、

「〝やっぱり〟？」

「俺がやるとしても、建物のブレーカーを落として、真っ暗闇にするよ」

「なるほど」

「ほら、だからライトだ」

レイの目の前に、単二電池を六本詰めた、細長い懐中電灯が差し出された。金属製で三十センチ以上あり、ずっしりと重く、ほとんど棍棒《こんぼう》だった。因幡がスイッチを押して、先端から眩《まばゆ》い光の線が走った。

「それを持って捜せ。連中を見つけたら、とにかく説得を試みろ。もし向こうが物理的に抵抗してきたら――」

因幡がレイの手に、懐中電灯を棍棒のように縦に握らせて、

「遠慮なくぶっ叩け。まあ、レイの細腕なら死にはしないだろう」

「ええ！　怪我させちゃうんですか？」

「〝連中の手によって誰かが殺される〟のと、どっちがいい？」

「分かりました……。因幡さんは？　うひゃ！」

レイが悲鳴を上げたのは、レイの左耳にイヤーモニター、通称イヤモニがねじ込まれたからで、イヤモニはマイクが付いたケーブルで小さな無線機に繋がっていて、無線機はレイのスカートにクリップで留められた。

『別行動だ。小声でも聞こえるから、何かあったら場所や状況を喋れ』

因幡の声が、イヤモニにしっかり届いた。

「分かりました」

『よし行け！　まずはレッスンフロアだ！』

因幡がレイの背中を叩いて、レイは懐中電灯を手に走り出した。

真っ暗闇の建物内に、白く光る光線が揺れながら走っていく。

レイは一階の長い廊下を走って、レッスンフロアへと急ぎ、そして転んだ。

「ぐぎゃ！」

レイは、お腹から勢いよくスライディングをした。分厚い絨毯のおかげで怪我はしなかったが、

「痛い……」

何かが引っかかった足首には猛烈な痛みが走って、レイがどうにか手放さなかったライトで照らすと、廊下の低い場所にビニールロープが張ってあった。引っかけてしまった足が、擦れて赤くなっていた。

「えい！」

レイは痛みに耐えて立ち上がると、音もなく駆け、レッスンフロアの重いドアの前へ立った。押すために左手を伸ばした瞬間、ドアが内側から勢いよく開かれた。

ライトが持ち上がり、室内を照らそうとして、そこにいた人間を煌々《こうこう》と照らした。

頭から真っ赤な血を被って、顔もジャージも髪も濡れそぼった、首から小さな懐中電灯を提げたワンがそこに立っていて、

「うぎゃっ！」

悲鳴を上げたレイに向けて、

「きゃあ！」

ワンも悲鳴を上げて、同時にレイを突き飛ばして逃げ出した。

「いたた……」

お尻を強く打ち付けたレイが立ち上がろうとして、

「ひいいっ！」

レッスンフロアから響いた悲鳴を聞いて、既に階段を上って見えないワンを追いかけるのを諦め、

「因幡さん、ワンさんが階段を上っていきました。真っ赤でした」

それだけ告げて、同時に広いレッスンフロアに光を走らせる。鏡に反射した光が意外な場所を照らして、

「うひっ」

レイは一瞬身を震わせた。

「あっ！」

広い暗闇の中に見つけたのは、ここ二日、レイ達にレンズを向けていたカメラクルーの男二人と、女が一人。

男二人は床に仰向けで倒れていて、その横に女が放心状態で座っている。商売道具のカメラが、床で転がっていた。レイは光をフロア中に走らせて、他に誰もいないか確認。ひとまずは、見えた範囲に人影はなかった。

レイが早足で近づきながら観察して、男二人がかなり血を流しているのが分かった。見ると、膝と太腿《ふともも》をバッサリと切られていて、ズボンの膝下がぐっしょりと濡れていた。そして、足首をビニールロープで縛られていていた。

「うう……」

「痛え……」

男二人が呻《うめ》いたので、ひとまず死んでいないことは分かった。

レイは女の前に座って、因幡への報告も兼ねて訊ねる。

「カメラマンさんが、足をかなり斬《き》られてますけど、ワンさんがやったんですね？」

「ひ、ひ、ひ……」

声にならない声で、しかし何度も頷いて女が答える。

「そして、足を縛っていったんですね？」

女が頷く。レイがよく見ると、男達は足首だけでなく、股《また》の付け根も、ビニールロープでかなりキツく縛られていた。

「腿のロープ、これも、ワンさんが？」

コクコクと女が頷いた。

『それは止血だな。あんまり長く放置するのは良くないが、ひとまずは大丈夫だ』

因幡の声が耳に届いて、レイはそのまま女に伝える。

「止血してあるので、ひとまずは大丈夫です。痛いでしょうけど」

レイが立ち上がろうとして、

「おいてかないで……！」

顔中を涙と鼻水で濡らした女にガッツリとしがみつかれて、

「それどころじゃないんで！　ジャッカル・タダシさんが殺されちゃう！」

レイは彼女を容赦なく振りほどくと、レッスンフロアの外へ走り出した。

「因幡さん！　レッスンフロアにはジャッカルさんはいませんでした。私も上に向かいます！」

『了解した。ブレーカーだが、配電盤を斧《おの》でぶっ壊されていた。あれは直らない』

「やってくれますねえ！」

『やってくれるよ。人の気も知らずにな』

レイは因幡のぼやき声を聞きながら、ライトで足元を照らしながら、再び罠《わな》がないか確認しながら廊下を走り、階段へと曲がる。

建物の両脇にあるガラス張りの階段。暗い中、レイはライトだけを頼りに階段を駆け上がる。

踊り場で折り返してから二階について、このフロアは調理室や従業員の宿舎なので、ひとまず通り過ぎる。

「五階ですかね？」

『分からないが、俺も目指す』

レイはさらに三階を通り抜け、四階を目指して踊り場で折り返したとき、目の前にあったのは壁だった。

鉄製の防火扉が閉められて、灰色の壁となって行く手を塞いでいた。

人が避難するための小さなドア、いわゆる〝潜《くぐ》り戸《ど》〟が下にあって、蓄光塗料《ちくこうとりょう》で取っ手が薄く光っている。レイはそこに手を伸ばし、静かに廊下側に開いて、しかし軋む音がかなり響いた。

開いたドアに、

「せっ！」

レイは勢いよく飛び込んだ。

レイが通り過ぎた空間を、何かが振り下ろされて、風を切った。

「ひゃ！」

レイが振り向いて、ライトを向けた。

「ぐっ！」

眩《まぶ》しさに悲鳴を上げたのはセブンで、いつものジャージ姿で、手には靴下を持っていた。ただし、中に何か硬くて重いものをたっぷりと詰めた。

「セブンさん！　やめ――」

レイが最後まで言うより早く、セブンの腕が横に振られた。眩しくて何も見えないはずの一撃が、懐中電灯に命中して、レイの手からそれをもぎ取っていく。懐中電灯は回転しながら廊下の端まで、光と共に転がっていった。

「悪く思うなよ！」

薄暗闇の中、セブンが靴下を振りかぶって、レイの頭に向けてまさに振り下ろし始めたとき、横から黒い影が彼女の体にぶつかってきて、

「がっ？」

セブンは、そのまま横に吹っ飛ばされて倒れた。

黒い影は素早くセブンの体の上に乗りかかると、

「むがっ！　ぐがっ！」

セブンの口を布で塞いで後ろで縛り、ねじり上げた手に素早く結束バンドを巻き付けて縛り上げた。うつ伏せになったままのセブンの足首も、同じく拘束《こうそく》する。数秒の早業《はやわざ》だった。

「ががががっ！」

呻くだけの存在になったセブンの上から、飛び込んできた黒い影が訊ねる。

『動けるか？』

その声は、直接右の耳に、そして左耳にも聞こえた。

「ケガはないか？　じゃないんですね、因幡さん」

『今はそれどころじゃないからな。ライト拾ってこい』

レイがゆっくり立ち上がってそれを拾って、

『俺の方へ向けるなよ』

言われたとおり、因幡の手前の壁で止めた。

うっすらと、因幡の体と顔が見えた。因幡は黒いスーツの前を合わせて、闇夜に溶け込んでいた。頭に、頑丈そうなヘルメットを被っている。そして、両目の前に、ヘルメットに装着した機械があった。

双眼鏡のような機械だが、レンズが左右に広がって四つ見えた。まるで、四つ目のオバケのような風体になっていた。

「なんですかそれ？」

『暗視装置——、暗闇でも見える機械だ。さっき戻ったときに用意しておいた』

「便利！　買えるんですか？」

『いや、無理だ。別の並行世界に行って、米軍からかっぱらってきた』

「ひどい！　——でも、他にも何か便利なものは？」

『あるぞ。レイはライトを持って上がれ。俺は、その陰からついていく』

「了解です！」

「むっぐっぐ！　むぐぐぐ！」

セブンが悶《もだ》えて、レイはその脇にしゃがんだ。自分を睨むセブンを睨み返して、
キッパリと叫ぶ。

「私、あなた達の行動は、何があっても絶対に阻止します！」

「そのためにこの世界に来たんですから！」


「なんだよ、使えねえ連中だぜ……。すぐにランタンくらい持ってきやがれ」

五階の自分の部屋で、ジャッカル・タダシが鼻を鳴らしていた。

電気が消えたので、部屋の中央でホテル備え付けの小さな非常用懐中電灯をつけている。その明かりは弱々しく、広い部屋を全て照らすにはほど遠かった。

机の上には、飲みかけのウイスキーの瓶と、書きかけの五線譜《ごせんふ》が散らばっていた。

ジャッカル・タダシが電話の受話器を持ち上げて、耳に当てて、何も音が聞こえず、すぐに放り投げた。

靴のままベッドに横たわると、

「あーあ、やってらんねえ。つまらねえ仕事受けちまったな……」

ブツブツと愚痴《ぐち》を呟く。

「なーにが〝少女の夢と挫折の迫真のドキュメンタリー〟だ。〝最終日まで粘ってたくさん撮影したい〟だ。あんなヘタな連中、最初っからデビューできるわけねえってバレバレじゃねえか。とっとと食っちまってポイしてえぜ……。レイだけはマトモかと思ったら、頭イカレてるし。あーあ、東京《とうきょう》に戻りてえな……」

ドアが、ノックされた。

「お？」

「ジャッカルさん……。いらっしゃいますか……？」

スリーの声が、かすかに聞こえた。

「なんだ？　――なんだい？」

ジャッカル・タダシが、足を持ち上げて振り下ろしながら、勢いよく起き上がる。広い部屋を懐中電灯片手に移動して、ドアを開けずに訊ねる。

「やあスリー。どうしたんだい？」

「ひょっとして……、お休みでしたか……？　すみません……」

「いやいや、起きてたよ。停電、ヒドいね」

「ハイ……。それで、鹿野山さんが……、ジャッカルさんを……、呼んで欲しいって。ワタシが……、たまたま近くに……、いたので……」

「ああ、分かったそれなら行かないとね。困ったねこの停電。すぐに直るのかなあ」

ジャッカル・タダシがドアを開けて、懐中電灯片手に立つスリーを見て、

「行こうか？」

「その前に……。ちょっといいですか……？」

スリーが部屋に入ってきて、ジャッカル・タダシが身を引いた。

ドアが閉められてから、スリーはジャッカル・タダシに、正面から抱きついた。

「お？」

「ジャッカルさん！　ワタシ、デビューしたいです……！　でも、今のママじゃ……、無理だって分かってます……！　みんな輝いているし……！」

ジャッカル・タダシは薄暗闇の中、下卑《げび》た笑いを隠さなかった。温かい体温を感じながら、小声で訊ねる。

「じゃあ、どうしたいのかな？」

「ワタシ！　噂を聞いてます……！　ジャッカルさんは……、恋人になったらデビューさせてくれるって！」

「恋人、かあ。そうだねえ、僕も人の子だからねえ、親しい関係の人には、ちょっとやそっとの無理を通しちゃうね」

「ワタシ、言われたこと……、何でもしますから……！　デビューさせて……、ください！　グループだと無理です！　これからもっと……、練習しますから、ワタシだけ……、ソロでデビューさせてください！　あの人達と一緒は嫌です！　ジャッカルさんの恋人になります！　お願いします！」

「困ったなあ……。でも、僕は独身だし、ここで無下《むげ》に断るのも男らしくないな。じゃあこうしよう。明日この合宿も終わる。東京に帰ったら、一人で来られるかな？　ホテルの部屋を指定するからさ」

「はい……！　それでいいです！　ジャッカルさん、そういうの、受け入れてくれる人だったんですね……！　よかったです！　思い切って、言って、よかったです……！」

「正直なコには正直に応えるよ。でも、みんなには、絶対に内緒だよ？」

「もちろん……、です！　だって……、ジャッカルさん、奪われたくないですもん……」

「うんうん。可愛いね。じゃあこの話はここまで。さて、下に行こか？」

ジャッカル・タダシがゆっくりと抱擁《ほうよう》を解いて、その際スリーの肩を触りながら彼女をくるりと向き直す。そして、そのまま腰の後ろのラインへと手を下ろして、お尻までネットリと触ってから、ようやく手を離した。

「ちょっと……、気が早い……、ですよ」

「おっといけない。――でも、君とは、上手くやっていけそうだ」

「はい」

スリーがドアを引き開けて、

「どうぞ」

ジャッカル・タダシを先に通す。

「優しいね」

目の前をそう言いながら通ったジャッカル・タダシに、

「いや、そうでもないぜ?」

スリーはぶっきらぼうに言いながら、ジャージのポケットから出したバタフライナイフをシャキンと回転させて、細い刃を出すと同時に、目の前の男の太腿に遠慮なく突き刺した。

「ぎゃあ!」

痛みで跳ねたジャッカル・タダシの右腿から、ナイフがスッと抜かれた。

血をズボンに小さく滲《にじ》ませながら、ジャッカル・タダシが二、三歩踏鞴《たたら》を踏んでから、絨毯の上にドタンと倒れる。

「熱い! なんだ! ああ、クソっ! 痛てえ!」

スリーは懐中電灯で、喚《わめ》くジャッカル・タダシの顔を照らしながら、

「そりゃ痛えだろうよ」

冷徹に言い放った。

「え？」

顔に冷や汗と疑問符を浮かべたジャッカル・タダシの脇に、もう一人の人間が立って、

「そーれっ！」

その顔面を、スニーカーで踏みつけた。

「がっ！」

鼻から派手に血を吹き出しながら、ジャッカル・タダシの体が絨毯の上で痙攣《けいれん》する。

「ナイスキック！」

スリーが笑顔で、目の前に立つフォーを褒めた。

「ワタシも、もう一回刺す」

スリーはスッとしゃがむと、ジャッカル・タダシの無事な方の太腿にも、無造作にナイフを突き立てて、

「ぎゃっ！」

グリグリと抉《えぐ》ってから抜いた。

今度は比較的たくさんの血が吹き出て、ズボンをじんわりと濡らしていく。

「どうする？　もう殺しちゃう？」

フォーが訊ねて、

「できれば……、〝姉さん〟を待ちたいけど……」

スリーが、それまでのように言い淀んで答えた。そしてすぐに、

「でも、ウッカリ逃げられても困るし、今やっちゃった方がいいと思う」

「そうだね。じゃあさ、あたし押さえておくから、喉《のど》をスパッと！」

「うん、スパッとね！」

フォーが、倒れているジャッカル・タダシの上に馬乗りになって、両手を足で押さえつけた。

「うが……、やめて……」

「ヤダ」

スリーの手が、刃を赤く染めたバタフライナイフが、その喉へとじんわりと近づいていく。


「ダメー！」

男の体に覆い被さる二人の少女を、レイの手から伸びた光が照らして、

「殺しちゃダメ！」

「ん？」

「あら？」

少女二人の顔が、同時にレイへと向いた。

階段を駆け登ってきたレイまでの距離は、まだ二十メートル以上あって、

「眩しい。——止めないでね、レイちゃん」

「そうそう、これって、あなたに関係のない話だから」

フォーとスリーが、淡々と言い返した。ナイフの刃が、喉まであと二十センチ程へと迫って、

『目を閉じて、両耳を塞げ』

因幡の声が左耳に届いた。

よく分からないまま、レイが言われたとおりにした直後——、
手放した懐中電灯が床に落ちるのと同時に、世界が爆音と閃光《せんこう》に包まれた。


「うー」

廊下で頭を抱えてうずくまっているレイの肩を、

『大丈夫か?』

因幡が軽く叩いた。

「因幡さーん……、今のもの凄い音と……、とても眩しいのは……?」

『そういう手榴弾《しゅりゅうだん》があるんだ。敵を行動不能にできる。これも、もらってきていた』

「みみがー、キンキンしますー……」

『そうか。立ち上がるのはゆっくりでいい』

「あっ！　三人はっ！」

レイが顔を上げて、それを見た。

因幡が手にしている懐中電灯の照らす先で、三人がひっくり返っていた。

ジャッカル・タダシが仰向けで倒れて、鼻から血を流し、口から泡を吐きながらも、呼吸はしていた。

スリーはその前に、フォーはその後ろで倒れて、小さく呻いている。

『死んではいない。三人の足元に投げ込んだからな。モロに食らって、しばらく動けないだろう。視力の復活はしばらく先だな。鼓膜《こまく》の一つや二つ、破れているかもしれない』

「はー……。まあ……、よかったかな……？」

『ジャッカル・タダシの怪我も、まあ、放っておいても、すぐに死にはしないだろう。痛いだろうけどな』

「それはよか――」

レイの言葉が、途中で止まった。

因幡が、自分のと拾ったレイの懐中電灯、両方で照らす先に、廊下の先に、ワンが立っていた。

全身血だらけのまま、四十メートルほど先で、仁王立《におうだ》ちでこちらを睨んでいた。乾きかけの血の中で、両目だけが白く光っていた。

右手には、刃渡り二十センチほどのサバイバルナイフ。カメラマンを斬り裂いた血は拭《ぬぐ》ったのか、銀色に光り輝いていた。

レイは、ゆっくりと立ち上がって、因幡から棍棒に使える懐中電灯を受け取った。

「どうもー、ワンさん。さっきは驚きましたよー」

ワンが、ゆっくりと歩き出す。倒れているジャッカル・タダシまでの距離は、二十メートル。

レイも同時に歩き出す。ワンと同じ速度で。ジャッカル・タダシまでの距離は、十八メートル。

「ワンさん、カメラマンさんの足、止血してくれたんですね。優しいですね」

十六メートル。

「殺すのはやっぱり、ジャッカル・タダシさんだけですか？」

十二メートル。

「まあ、その気持ちも、分からないでもないんですけどね」

八メートル。

ワンが、止まった。レイも足を止めた。

「今から、そこにいるケモノを殺すけど、止めないで。レイちゃん」

目だけがギラギラと語りかけてくるようなワンに、レイは答える。

「止めます！　だって、その為に来たんですから！」

「これはね、わたくしの復讐なの……」

「知ってます！　ジャッカル・タダシに騙されて、アイドルになれるからと散々言うことを聞かされて、でも捨てられて夢破れて……、自殺を図った妹さんですよね……」

「え？　——ああ……、その二人に、あるいはセブンに聞いたのね。まったくお喋りなんだから」

「いいえ。三人はそんなこと、一言も言ってませんよ？」

「じゃあ……」

本気で怪訝《けげん》そうな顔をした、目に鋭さが抜けたワンに、レイは言う。

「同じようにジャッカル・タダシに食い物にされたスリーさんの親友のことも、フォーさんの従姉《いとこ》さんのことも、セブンさんのお仲間のことも、私達は知っています。あなた達が、眠る妹さんに話しかけたから！　妹さんが教えてくれたから！」

「そんなわけないでしょう！　あの子はずっと目が覚めないの！　自殺を図って、でも、死ななかったけど！　ずっと昏睡《こんすい》状態なの！」

レイが振り向いた。視線を向けられた因幡が、十二メートル後ろから、大声で問いかける。

「ワン、いいや――、飯高志穂《いいだかしほ》さん」

　本名を言われて、ワンが一瞬、電気を受けたかのように震えた。

「なあに？」

「俺が、〝昏睡の人との意思疎通《いしそつう》ができる〟と言って、信じるか？」

　答えは、即答だった。

「信じるわけないでしょう！」

　因幡の声の二倍ほどの声量で返ってきた。レイが、その音圧と怒気に首をすくめた。

「まあ、そうだよな。俺だって、なんでそんなことができるのか、さっぱり分からないからな。でも、本当だ。そして、妹の佳穂《かほ》さんに、あなた達を止めるように懇願《こんがん》された。昏睡の妹さんの枕元で、君達四人は決意と計画を語っただろう？　それを全て聞いてしまった妹さんは、強く俺に願ったんだよ。どうか、みんなを犯罪者にしないで欲しいって」

「いい加減に――」

「まあ、信じなくても結構。ただ、依頼は受けた。報酬《ほうしゅう》は、妹さんが貯《た》めていたお金だ。アイドルになる勉強用に、子供の頃からずっとお小遣《こづか》いとお年玉、貯めていたんだよな。それは、机の下にある小さな金庫に、自分が着たいと思って衣装をデザインしたノートと共に、今でも大切にしまってある」

「どうして……？」

「どうして知っているのか？　って。だから、妹さんに聞いたからさ」

「………」

ワンの体の動きが、完全に止まった。呼吸すらしていないように見えるワンに、レイが言う。

「私も、最初に聞いたときは信じられなかったんですけど……、因幡さんは普通の人じゃないですから。そして私達は、この合宿所に仕事に来ました。表向きは、ジャッカル・タダシさんの依頼を受けて、〝歌と踊りの実力で、他の候補者を失望させ、グループは結成しない言い訳を作る〟こと。でも本当は、私は、皆さんを殺人者にしないために来たんです。正直、ジャッカル・タダシさんの人でなしっぷりはヒドいと思います。このまま剝製にされても文句が言えない人です。でも、それでも、殺してしまったら、皆さんが殺人者です。妹さんが悲しみます！」

「あなた達は、知っていたんだな──」

因幡が言葉を続ける。

「このオーディションが、本気でデビューさせる必要のない、ドキュメンタリー制作のための〝ヤラセ〟だって。そして、それならば自分達も受かってジャッカル・タダシに近づけるかと挑戦して、本当に受かった。そして、ジャッカル・タダシを殺すチャンスを窺《うかが》っていた。事情を知らずにアイドルになれると目を輝かせていた他の三人──、ツー、ファイブ、シックス達を事件に巻き込みたくなくて、嫌がらせやイジメをして、ここから追い出した。レイも追い出そうとして、窓ガラスを割ったりした」

「皆さん、優しいです！　そんな皆さんを、殺人者にするわけにはいきません！」

ワンが、血まみれの顔のまま、フッと微笑んだ。

「そこを退《ど》いて。妹のことはまだ信じられないけど――、どうせ、傷害事件の犯人にはなったし、そんなに変わらないわよ」

「あれは、レイがやった」

「は？」

「は？」

ワンとレイの声が被ったが、レイはすぐに理解した。

「そうです！　カメラマンさんをザクザク刺したのも！　ジャッカル・タダシさんをそんな目に遭《あ》わせたのも！　全部この私――、ユキノ・レイの仕業《しわざ》です！　どうだまいったか！」

＊　＊　＊

「おっかえりー！　レイ！　お疲れ様ー！」

社長に、いつもと変わらぬ出迎えを受けて、

「ただいまです！」

レイは事務所に戻ってきた。部屋の時計とカレンダーを見る。数日間向こうで過ごしても、こちらではまだ二時間も経ってなかった。

「因幡は——、っと結果を見に行ったのね。了解」

「はい。あれからどうなったか、時間をあけて調べに行くって」

「じゃ、それまではレイの報告を聞きましょっか。コーヒー入れるね」

「あ、私が」

「いいからいいから」


三十分後。

「というわけです。私と因幡さんは、そのドキュメンタリー制作に関わった人達——、ジャッカル・タダシさん、映像制作スタッフさん達を締め上げて、〝犯人は俺達だ。そうじゃないと誰かに言ったら、あんたらの悪行計画、全てバラすからな〟って脅《おど》しました。まあ、全部因幡さんがやってくれましたけど」

レイが、まったく手の付いていないコーヒーカップを前に言った。ソファーの対面に座る社長が、

「あいつ、そういうの得意そー」

「話を聞いて知ったんですけど、日野春さんも仲間でした。娘さんが酷い目に遭わされたとかで……。もともと薬剤師だった日野春さんは仕事を辞めて、あの合宿所で働き始めたんです」

「なるほど。そりゃ睡眠薬の知識もあったわね」

「私を〝殺そうとした〟のは鹿野山さんらしく、もちろんジャッカル・タダシさんの指示、というか脅迫《きょうはく》で、そこも証拠をがっちり。殺人教唆《さつじんきょうさ》ってやつですね。まあ、石はとっさに避けたので、私は無傷、ってことにしましたけど。あと、水泳選手で潜水は得意だ、って」

「ふむふむ」

「全部ひっくるめて、私がカチューシャとかで録画した動画を含め、証拠をしっかりまとめて、ワンさん達に渡しておきました。同時に私達も傷害犯になるんですけど、まあ、その世界にいないから、問題ないです」

「なるほどなるほど。で、その四人は、その後は？」

「それなんですけど、どうするか聞けないまま、私は〝やることがないから〟って言われて戻されちゃったんですよね。因幡さん、その辺も調べてきてくれるといいんですけど……」

レイが言った瞬間、エレベーターのドアが、続いて事務所のドアが開いた。

「戻りました」

「よっし因幡！　噂をすれば影！　そこ座れ報告！」

「レイからは？」

「ちょうど終わったとこ！」

「では――」

因幡が、レイの脇に座った。レイが、その横顔を凝視《ぎょうし》して、気付いた因幡が、やりにくそうに顔を背《そむ》ける。

「四人のその後ですが――」

「ですが？」

「まあ、これを見てもらった方が早いでしょう。半年後の映像です」

因幡が、タブレット端末を鞄《かばん》から取り出して、ローテーブルの上に置いた。社長とレイが、両向かいから覗き込んだ。

因幡が動画を再生させると、テレビの音楽番組が始まった。

『歌のミュージック・トップテン！　スーパーライブ！』

四対三の荒い画面の中で、そんな文字が左上に出ていて、あの四人が、ワンが、スリーが、フォーが、セブンが――、煌《きら》びやかな衣装に身を包んで、眩いステージの上にいた。

イントロが始まり、画面下に曲の情報が出る。

『剝製にしちゃうぞ？』

作詞・ワンスリーフォーセブン

作曲・ジャッカル・タダシ

そして始まるポップな音楽。

メイクと衣装で見違えるように輝いている四人が、実際に輝かしい笑顔で踊り出す。

「おお！」

それは、レイがレッスンフロアで見たそれとは違っていた。全員、別人のように上手くなっていた。

歌い出しは、スリー。

見事な歌声で、堂々たる歌いっぷりで――、〝私を捨てたアイツを剥製にして飾ってやりたい〟という意味の歌詞を奏《かな》でていく。

ワンが、スリーが、フォーがそれに加わり、歌って、踊って、

「皆さん――」

感動して目を潤《うる》ませるレイの前で、何が起きても負けない強い女の子を描いた、曲も歌詞も底抜けに楽しい歌をビシッと歌いきった。

「とりあえずここまで」

因幡が動画を止めて、涙目でパチパチパチパチと拍手を送っているレイの代わりに、社長が問いかける。

「因幡の入れ知恵?」

「半分は。残り半分は、ワンの妹さん――、飯高佳穂さんの願いです」

「いいね。彼女達をアイドルとしてデビューさせて仕事させることで、ジャッカル・タダシに首輪をつけておける。彼も、今さら富と名声を失いたくないから、言うことは聞くでしょ」

社長の言葉に、

「なるほど!」

レイが納得して何度も頷く。

「ついでに言うと、途中で去った三人は後からグループに参加する予定で、レッスンを受けています。ジャッカル・タダシがこのグループによって稼《かせ》いだお金は、今まで食い物になった人達へ行くようになっています。佳穂さんには、少しでも回復したときのために、できる限りの治療をさせています」

「名案です! 素晴らしい! 頑張って死んだ甲斐がありました!」

レイが眦《まなじり》の涙を拭って、顔をほころばせた。

「この子達、グループ名は?」

社長が訊ねて、

「彼女達自身が命名したのですが――」

因幡はタブレットの動画のシークバーをスライドさせて、番組に登場するシーンに、スタジオの階段を下りてくるカットに切り替えた。

手を振り笑顔を振りまく四人の前に出ている大きな文字は——、

〝BetRAYers〟。

「べっと……、らいやーず？」

レイが首を傾げ、社長が助け船を出す。

「〝ビトレイヤーズ〟。英語で〝裏切り者達〟の意味ね。〝背信者達《はいしんしゃ》〟でもいいからこっちかな？」

「ああ、いいですね！　彼女達に合ってます！」

「やっぱり気付いてないよ？　因幡」

社長がチラリと目をやって、

「ですね」

因幡が頷けば、レイもそれに気付く。自分が何かに気付いていないことに。

「むむ？」

「なぜ、俺が口で答えず、あえて文字で見せたかというと、真ん中の大文字を見て欲しかったからだ」

「んん？」

レイがタブレット画面の〝BetRAYers〟を睨んで、

「あっ！　皆さん……」

再び目を潤ませた。

「そうだよ。どうしても、レイを中心に置きたかったそうだ」

おしまい

Bet

あとがき

皆様こんにちは。さすがに2巻ともなれば〝初めまして〟は変ですよね。作者の時雨沢恵一です。

今回も、『レイの世界 ―Re:I― 2 Another World Tour』(以下『レイの世界』)2巻をお手にとって頂き、ありがとうございます。

電子書籍版も6th Stepまで進みまして(同日発売)、2巻発売と相成りました。めでたい！本が出ればあとがきもあるのです。今回はネタバレありません。よろしくお願いします。

前巻のあとがきで、『イラストがまずあって、そこから私が話を考えた』ことをお伝えしたと思いますが、今回はさらなる裏話を書いてしまおうかなと思っています(何せ作者なので、作者しか知り得ないことを普通に知っているのです)。

実は『レイの世界』――、

最初の構成の段階から、TVアニメにしやすいように考えて書きました！

アニメ好きとして、自作のTVアニメ化って、本当に嬉しいものです。

私は今まで幸運にも、『キノの旅』（二回も！）、『アリソン』シリーズ、『ソードアート・オンライン　オルタナティブ　ガンゲイル・オンライン』と、四回もその名誉にあずかっているのですが――、べ、別に……、もっとたくさんアニメ化されたって、いいんだからねっ！（編集部注・突然人が変わらないでください。あと、少しキモいです）

ＴＶアニメにしやすいようにとは、具体的に申しますと――、

『レイの世界』の一話がだいたい三十ページ前後なのは、これまで自分の小説がＴＶアニメ化された経験から、脚本の仕事をやった体験から、アニメ一話の脚本としてちょうどいい、と思われるからです。ＴＶアニメ一話で描ききれることって、実は結構少ないんですよ。

常に話が事務所から始まるのは（今後、例外はあるかもしれませんが）、話が分かりやすくなるだけではなく、アニメになった時の設定を減らせるから（ドラマだったら〝セットを使い回せる〟というのと同じですね）。

とはいえ……、『レイの世界』では毎回毎回違う世界に行ってしまうので、基本的に日本である並行世界はさておき、異世界においてはその設定が大変になりそうですけどね……。『キノの旅』の二回目のアニメの時に、スタッフさんに言われましたよ。

「毎回別の国を訪れるから、設定とか大変！」

って。

作中でレイが、あるいは他の人達が歌うシーンが多いのは、劇中の歌唱シーンをできるだけたくさんやりたいから。

アニメの作中に歌が出てきたときって、楽しいじゃないですか。私は楽しいです。『ガンゲイル・オンライン』のＴＶアニメ化のとき、作中歌手の神崎エルザの歌をたくさん歌ってもらえて、本当に嬉しかったです（歌唱は、今大活躍中のＲｅｏＮａさん）。

ＴＶアニメ化されたら、レイにはたくさん歌って欲しいです。

そんなわけなので――、

『レイの世界』のＴＶアニメ化のオファー、全力全開でお待ちしております。二つ返事でＯＫいたしますので。二つの返事があまりに素早く、まるで一つの返事に聞こえるくらいの答えを用意してお待ちしております。

ここを読んでいる皆さんも、もしよかったらＴＶアニメ化を切望してみてください。声優さんとか、誰がいいか、空想しちゃってください。

なお、アニメの関係者さんが、

「いや、全然ＴＶアニメ化しやすくないよ?:」

という忌憚なき意見をお持ちでしたらそっと心の片隅に秘めておいていただけると、時雨沢は感謝します。

というわけで、熱く夢と野望を語った時雨沢でした。

3巻のこのコーナーでまた、お会いしましょう。

2021年8月　時雨沢恵一

このこ　このライン
描くの難しすぎる

角度が付くとデッサ
おかしく見えて
しまうので

角度によって
前髪の傾斜が
違ってたりします。

YURO

初出
・第七話・第八話……２０２１年４月に電子書籍として配信された「レイの世界 ―Re:I― Another World Tour 4th Step」（IIV）に加筆・修正。
・第九話・第十話……２０２１年６月に電子書籍として配信された「レイの世界 ―Re:I― Another World Tour 5th Step」（IIV）に加筆・修正。
・第十一話・第十二話……２０２１年８月に電子書籍「レイの世界 ―Re:I― Another World Tour 6th Step」（IIV）として配信し、本書籍に同時収録。

IIV

レイの世界《せかい》 -Re:I- 2
Another World Tour

著　者｜時雨沢恵一《しぐさわけいいち》
イラスト｜黒星紅白《くろぼしこうはく》

2021年 8 月25日　初版発行

発行者｜鈴木一智
発　行｜株式会社ドワンゴ
〒104-0061
東京都中央区銀座4-12-15 歌舞伎座タワー
ＩＩＶ編集部：iiv_info@dwango.co.jp
ＩＩＶ公式サイト：https://twofive-iiv.jp/
ご質問等につきましては、IIVのメールアドレスまたはIIV公式サイト内「お問い合わせ」よりご連絡ください。
※内容によっては、お答えできない場合があります。
※サポートは日本国内のみとさせていただきます。
※Japanese text only
発　売｜株式会社KADOKAWA
〒102-8177
東京都千代田区富士見2-13-3
https://www.kadokawa.co.jp/
書籍のご購入につきましては、KADOKAWA購入窓口0570-002-008(ナビダイヤル)にご連絡ください。
印刷・製本｜株式会社暁印刷

ISBN978-4-04-893085-7　C0093
Printed in Japan

IIV 単行本 全国書店で好評発売中!!

偏愛従者が勇者を創る!?
勇者×記憶喪失ファンタジー小説

さらば勇者だったキミのぜんぶ。

GOODBYE, MY BRAVER

著者／ハセガワケイスケ　イラスト／緜

判型:B6判　発行・ドワンゴ／発売・KADOKAWA

蒼山サグ成分満載の
空戦ファンタジー！

魔空士の翼

SkyMagica

著者／蒼山サグ　イラスト／SO品

判型:B6判　発行・ドワンゴ／発売・KADOKAWA

＜ミスリルの翼＞に心は宿る。
蒼穹を駆けるエリアル
SFファンタジー！

イルダーナフ

—End of Cycle—

著者／多宇部貞人　イラスト／コレフジ

判型:B6判　発行・ドワンゴ／発売・KADOKAWA

IIV 単行本 全国書店で好評発売中!!

私には、
『思い出の色』が
視えるんです

春くれなゐに
～思ひ出和菓子店を訪ねて～

著者／**大平しおり**
装画／**前田ミック**

判型:四六判　発行・ドワンゴ／発売・KADOKAWA

大正時代――京都の和菓子屋「静閑堂」には
様々な“思い出の色”を抱えた客が集まる。
しっとり切なく心を癒す、四季彩まとう
優しい和菓子の物語をご賞味あれ。

新米除霊師と
白いモフモフが、
幽霊たちをお助けします!?

黄昏公園におかえり

著者／**藍澤李色**
イラスト／**雛川まつり**

判型:四六判　発行・ドワンゴ／発売・KADOKAWA

小さな白いモフモフ(使い魔)とポンコツ新米除霊師が、
未練を残した厄介な訳アリ幽霊たちを助けるため、
あちこち奔走! ちょっと笑えてほんのり涙する、
除霊しない“助”霊のお話。